青春阅读　幸得相见

喜欢你，蓄谋已久

Xihuan Ni, Xumou Yijiu

薇薇一点甜 著

贵州出版集团
贵州人民出版社

作者简介

【小花阅读签约作者】

东野圭吾、司汤达“死忠粉”
资深美食家、业余“码农”、脑洞专家
总有一天，我会抱着笔记本环游世界

目录

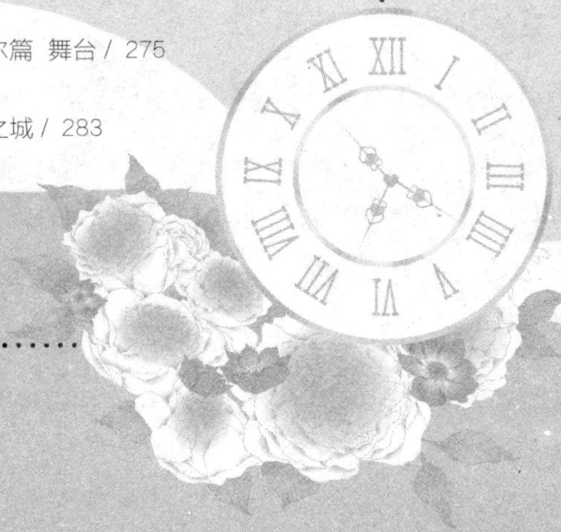

喜欢你，
蓄谋已久

Xihuan Ni Xumou Yijiu

- Part 1 -

夫妻齐心，同是戏精

综艺《蜜月之约》节目录制现场。

这是一档由水果电视台新策划的大型明星夫妻旅行真人秀节目。今天，作为节目预热，节目组将会在嘉宾的家中录制一期甜蜜的新婚夫妻的早餐时光。

拾音棒高高举起，采光板也已经就位。

“咔！”

场记打板声一响，刚刚还坐得挺远的两人立刻黏到了一起，甜蜜的架势看上去恨不得天荒地老也不分开。

我面上挂着职业化的完美笑容，颈部偏移四十度，对着镜头露出卡地亚限量耳环下优美纤长的脖颈以及精致的锁骨，侧脸染上了一抹动人的绯红。

“来，子盛，尝一口我亲手给你准备的早餐。”

我将盛满牛奶的玻璃杯端起，递到了身旁男人的嘴边，眼神中满是爱意。

他望着玻璃杯里的东西顿了顿，然后对着我温柔一笑：“亲爱的，你对我真好，连牛奶都是亲手做的。难道你是大早上亲自去畜牧场找牛挤出来的吗？”

我完美的笑容僵了一瞬，然后五指并拢，一把勾住他的脖子，暗暗用力，想把他的牙往杯壁上磕。

他的眼中闪过一丝笑意，借着巧力化开了这一击。

我用力过猛，一下没坐稳，差点当场翻车。

他一手稳稳地扶住了杯子，一手揽过我的腰，让我倒在了他的肩上。

“小傻瓜，怎么又不小心了？”

低沉暧昧的声音在我的耳边轻轻响起，周围的女工作人员纷纷用台本捂住了脸，仿佛被洒了一脸血。

他放下牛奶杯子，用叉子挑起一块塞满了芝士的鲜奶蛋糕递到了我嘴边。

“来，小傻瓜，这是我给你准备的，你最喜欢的甜食。”

我抬起头望着他，果然从那双眸子里读出了胜利的戏谑。

他在用眼神告诉我——

“姜卓尔，跟我斗，你可真是个傻瓜。”

我含恨咽下了嘴边的芝士蛋糕，用力地咀嚼着。

全身上下所有的细胞仿佛都在对我叫嚣：姜卓尔，恭喜你，又要长肉了！

这一轮对决，姜卓尔小姐完败。

事后——

我抱着马桶，在厕所里吐了个天昏地暗。

当然，我很快乐。因为就在我进来的一分钟前，路子盛面色不太好地向节目 PD（节目导演）找借口去了楼上。

不出意外的话，他现在应该已经在楼上的马桶上吐了。

一个乳糖不耐的人在镜头前灌下去那么满满一大杯牛奶，想想我都觉得惨。

我这么一琢磨，连这该死的催吐都没那么难受了。

今天的场面还得归功于一个月前。

那天，我的经纪人岳林告诉我，他替我接了一档新的节目，是有关于新婚夫妻的蜜月旅行，让我趁着这个机会在节目上和路子盛大秀一把恩爱，再吸收一波人气。

路子盛——我亲爱的丈夫，我目前绑定的炒作对象。

我跟他结婚的两年，为我带来了急速攀升的关注度，以及——被黑的频率。

凡是嫁入豪门的女明星，百分之九十以上都会被质疑是不是为了钱。而我就更惨了，他们骂我财色兼收。

不过我不是特别介意这一点。

毕竟，被骂不会少块肉，但是，没热度，我可能连肉都吃不起。

我花了两个小时的时间在房间里仔细整理自己的仪容。

极浓的妆配上高高上挑的眼线，我踩着比狗头铡还锋利的高跟鞋，跟着秘书的脚步，走进了路子盛位于S&T娱乐顶层的办公室。

老实说，我真的不理解，一个爬山都能爬出高原反应的人为什么要把办公室选在这么高的地方？

难道这样就能掩盖他恐高的事实了吗？

此刻，路子盛正坐在高大的落地窗边，低下头不知道在用笔写什么东西。空气中弥漫着古龙水的味道，齐整的文件夹在旁边摞出了一个人的高度。

嗯，看来这家伙今天也依旧是濒临过劳“死”的命。

我对着秘书比了个手势，示意他噤声，然后蹑手蹑脚地挪到了路子盛身后。

他几乎是本能地感受到了危险的迫近，迅速地抽过了一本文件夹盖在了正在写的东西上。

凑近的刹那，我看到了一张卡片的形状。

他侧身靠坐在桌边，抬头望着我，眸中带着些微的审视：“你怎么来了？”

面上很淡定，眼神很飘忽。我不由得笑了。

我用余光瞥了眼外面楼道里名为工作走动，实为偷窥老板八卦的秘书组成员们，对着他一笑：“我来查岗啊。”然后，我大胆地往前跨了一步，整个人坐到了他的腿上，笑意盈盈地望着他。背后，手指悄悄地攀上了桌子，一点一点地钻到文件夹下面去摸底下的卡片。

就让我们来看看，路总到底是在对他的哪位红颜知己一诉衷肠……

“啪！”

小动作忽然被一股极大的力道猛地掀翻打断，下一秒，我就极为不雅地一屁股坐到了地上。

一张精致得像是电脑设计出来的面庞在我面前猛地放大，罪魁祸首似乎很是担忧地望着我：“亲爱的，你没事吧？”

我听到了自己尾椎骨磕在地上的清脆响声，但面上还是得保持尴尬的优雅："当然没事了。"

他缓缓点了点头，狭长的桃花眼却忽然眯了眯，视线往下偏了几寸。

下一刻，他薄唇轻启："可是，你的裙子好像裂开了呢？"

我整个人呆在地上，一时不知道是该装死还是挖洞。

门外传来一阵强忍却没忍住的笑声。完了，当众摔个狗吃屎还被围观。

我望着他的嘴角微微翘起，声音中却带着几丝不悦："都围在这里做什么，不去工作吗？"

门外众人顿时作鸟兽散。

这个虚伪的男人。

他低下头，好整以暇地望着我，开口道："姜小姐好像很喜欢我的腿，不然为什么每次来这里都要趴在旁边呢？"

我心里想着要把他那两条腿切下来做成金华火腿，但是面上还是挤出了一丝假笑："那当然了，路总。毕竟求人的时候，我一向做得比旁人诚恳些。"

他对着我笑笑，眼中闪过一丝恶意。

我全身的神经立刻紧绷起来。相处近两年，他的一些基本神态我不会读不懂。

他把嘴凑到我的耳边，喷出酥痒的热气。

果然，下一秒，他就一句话把我打入了地狱里："我拒绝。无论什么请求，我、都、拒、绝。"

是的，每次进这个办公室，我都很倒霉。

上回在这里见他，还是结婚之前。三个月都没有接到新通告的我忽然被总裁办的人一个电话喊到了顶楼的办公室来。

厚地毯上的羊绒密得能绊死无数只飞奔的蚂蚁。我踩着高跟鞋的脚崴了一下，然后就极其尴尬地跪到了两条穿着西裤的腿间。

周围的视线聚焦了一下，然后又立刻见怪不怪地挪开。估计在他们眼里，这种烂大街的戏码每三天就要上演一次。

我叹了口气，感慨自己绿得像片早春刚摘下来的茶，就此打算自己站起来。

突然一只修长的手伸到了我面前，我伸手拽住了它起身，然后，被惯性驱使着，倒在了手的主人身上。

隔着系到第一颗扣子位置的衬衫，我感觉自己好像摸到了隐藏在下面的坚实的肌肉线条。

头上射来一道灼热的视线，我仰起头望着他。

S&T 的总裁路子盛确实如传闻般一样，长了一张俊美到犯规的脸。

我曾经在微博上看到过有小女生这么评论他——"他就像一块

馥郁可口的奶油蛋糕，任何一个异性看到了都会忍不住想吃了他。”

都说在男人眼里，兄弟如手足，女人如衣服。

依照我的经验来看，“蛋糕”现在看我的眼神，就像是看到了下一件要换的新衣服。

可是怎么办?

我平生最讨厌吃的就是奶油蛋糕了。

毕竟，我不会忘记，五年前在我作为新人的选角会上，就是他说我没有女主脸，这才害我“丧”到了现在。

此刻，一个极大胆的构想在我的脑海中酝酿成型。我看着面前英俊可口的男神，脸上露出了看冤大头一样的笑容。

“我说，路总……”

他对着我，微微挑眉：“什么？”

“我们结婚吧。”我微笑道。

我跟路子盛签下了三年的对赌协议。

以形式婚姻的名义，成为炒作的合约夫妻。

三年之内，他负责捧红我，我给他赚钱。然后，男婚女嫁，各不相干。

我一夜间成了娱乐圈尽人皆知的灰姑娘，从恶毒女配炮灰专业户，转而拥有了大把的偶像剧资源。而他因为低调深情，在业内形象大好，公司股票飞涨。

有多少女人想杀了我祭天，就有多少想从我手中接下他这个盘，成为下一个被神选中的幸运儿。

我热度高涨，但也举步维艰。

我这两年在片场被对戏女星恶意找的碴儿比前几年加起来的总数都多。

但我不在乎，完全不。

背靠大树好乘凉，划船没桨全靠浪。

欺负完我的，一般都会被我伺机报复回去。怀恨在心的？哦，S&T 大楼，路总的律师会和你谈。

这种保护，也是我们当初一起写在协议里的。

拒绝了路子盛“好意”给我的外套，我把脖子上的围巾系在腰间，挡住了裂开的裙摆，假装这是新的时尚搭配。

然后，我走出了大楼。

一辆银灰色的轿车低调地停在了我的面前，我拉开车门坐了进去，对着车里的人抱怨道：“岳林，你下回还是换一辆车吧，这个颜色死气沉沉的我不喜欢。”

我亲爱的经纪人笑了一声，然后无视了我的日常抱怨。

“路子盛怎么说？”他边开车边问。

“预料之内，他连问都不问就给拒绝了。”我一边回答他，一边对着车上的镜子补妆。

刚才摔那一跤，害得我脸上的妆全蹭他裤腿上了。

岳林皱了皱眉，沉吟道：“这就很麻烦了……之前宁导演的戏你虽然进入了终选名单，但是热度不够的话，我怕……”

我叹了口气，疲惫地靠在车子的椅背上闭目养神。

知名华裔导演携自己的新企划归国选角，指定了要找从未在大银幕上露过脸的新人。

我在一众候选名单中杀入了最后三人的终选。

然而，尴尬的是，一同入选的其他两个，一个咖位比我大，一个人气比我高。

我不担心我的演技，但我吃过亏。在这个圈子里，就算是已经官宣的角色，也有可能被人半路截和。我可不想自己千辛万苦争取来的东西，最后又白白送给人家。

于是，我和岳林合计，瞄上了水果台一档拉路人好感的节目《蜜月旅行》，准备拖路子盛“下水”。

还有什么八卦，比英俊神秘的路总的私生活，更让人好奇的呢？

我睁开了眼睛，心中已然有了盘算。

虽然那家伙下午刚刚拒绝了我一次，但是，我是这么容易就放弃的人吗?

我把手指搁在唇上，朝着岳林做了一个噤声的手势。

他会意地点点头。

掏出手机，我拨通了路子盛秘书的电话。

“你知道子盛他人在哪儿吗？”

三分钟后，我的手机收到了本市某著名酒店的定位地址。

联想到他刚才在办公室里藏在文件夹底下不让我看的卡片，我的脸上露出了了然的微笑。

“哟，我们路总这是要去见红颜知己了。”我把自己的手机屏幕摆到了岳林面前。

然后，从他的眼中，我看到了和我一样的想法。

“走，把相机带上。今晚，我们送路总一份大礼。”

“……他这是被人放鸽子了吗？”

我靠在车窗边撑着头，隔着车玻璃望着仿佛静止在窗边的路子盛。

难以想象，他居然就着这个忧伤的造型在这里摆了整整一个小时。

路子盛的手边摆了一束包装精致的粉玫瑰，桌上正对着放了两个咖啡杯。

一个在他自己面前，另一个的主人，就是今天一直没出现的对象。

那个人一直没来，但他好像完全不着急，也没有掏出手机打个电话或者发个短信催催的意思，只是静静地凝望着窗外城市的霓虹，不时地低头啜一口咖啡。

他坐着岁月静好，我瞧着却有些着急上火。

终于，路子盛起身了。

他拿起手边的粉玫瑰，从里面抽出了一张卡片。

那张卡片的颜色我认得，不出意外，就是他今天下午写的那张。

他把卡片拿在手中端详了一阵，眼中居然流露出一丝诡异的温柔。说实话，结婚两年，我从来没见过今天这样的路子盛。

卡片被他小心地收在了上衣的口袋中，然后手中的粉玫瑰花束划出了一道优美的抛物线，落入了垃圾桶中。

浪费！污染环境！我要举报！

直到路子盛行色匆匆地走出酒店，我这才意识到今晚的跟拍可能要泡汤，赶紧回头给岳林使了个眼色。

岳林会意，看了眼手机，回答我说：“B 计划马上就位。”

路子盛走到车边，然后脚步一顿。

不远处望着这一切的我默默地笑了，提着相机偷偷地靠了过去。

路子盛是谁？行走江湖多年却从未被抓到过丝毫桃色新闻的头号谨慎派人物。

对付这样的选手，自然得有备选计划。

你的红颜知己不来，那我送你一个不就成了吗？

“你是谁？”路子盛望着靠在他车门上衣着暴露的女人，冷声道。

我和岳林缩在自己车的车玻璃后面，隔着一个车位的距离，忍笑到内伤。

他的脸绷得十分紧，嘴唇也抿成了一条线。种种迹象都表明，这家伙现在很不爽，十分不爽。

我找来演戏的那个女人显然有些被他的黑脸吓到了，扶在车玻璃上的手指头有些发颤，偷偷朝我们这边望了一眼。

我对她做出“钱”的口型，提醒她钱已到账。

她似乎把心一横，直接朝路子盛走了过去，想硬往他身上靠。

我看着一喜，把车窗降下一道缝，镜头对着那边疯狂地按快门。

那女人在路子盛身上停了不到一秒，立刻就被嫌恶地推开。

他从口袋中掏出一块手帕，用力擦了擦那女人靠过的位置。下一刻，冰冷的声音便在空荡的停车场内响起——

“姜卓尔，你拍够了就立刻给我滚出来！”

静谧的空气中传来一丝淡淡的尴尬。

不过这个尴尬只持续了不到三秒，我立刻就笑开了，自我安慰着，不慌不慌，小场面。

然后，我把相机往边上的岳林手里一塞，打开车门，泰然自若地走了下去。

走到他跟前，我才意识到，我今天可能是踩到地雷了。

我们路总的脸沉得仿佛能滴下墨来，视线凌迟一般在我的身上一刀一刀地划着，仿佛能从上面剜下肉来。

他对着我，冷冷一笑："姜卓尔你可以啊，真是长进了，连仙人跳都学会了。"

我微微一笑："都是路总教育得好。"

他勾了勾嘴角，缓缓道："看来，我对你还是太仁慈了，所以，你才敢这么放肆……"

"怎么会，路总您误会了，我一向都很老实本分。"我对着他眨了眨眼，故作无辜，"我的梦想，可是成为您最好的贤内助呢。"

"是吗？"他对着我笑了笑，目光落在傻站在旁边的女人身上，皱眉道，"还杵在这儿做什么，你看她现在这么一副自身难保的样子，还有命给你结账吗？"

女人浑身一僵，立刻逃走了。

他回转身来，重新望着我，神色冷峻："麻烦解决了，现在，我觉得我们可以单独处理一下我们两个之间的问题了。"

我望着他叹了口气，状似无奈道："路总还真是心思单纯，你看我这样，像是一个人来的吗？"

车门声一响，岳林从驾驶座上走了下来。刚才的时间，已经足够他把我们拍到的照片完整地备份了。

路子盛的表情在看到岳林的一瞬间，黑如锅底。

"老公……"我忍着笑，调换了嘴里的称呼，"人家在家里一直等你等不到，就只好出来找你了。我们快点回家，一起好好聊聊吧？"

"什么意思？"路子盛坐在沙发上，冷冰冰地望着我。

我把玩着手里的 SD 存储卡，悠然道："老公，我这是担心你啊。按照我们当初的协议，三年内一方要是违反约定婚内出轨，闹出桃色新闻的话，可是要割让名下一半财产的。"

没想到，路子盛听完居然好整以暇地笑了起来。

"既然如此，那你为什么不直接把照片发了来找我要钱，却还要大费周章地来找我谈？"他那深邃的眸子望着我，眼中全是玩味，然后重重地一顿，"因为啊……姜卓尔你心软。"

我把玩存储卡的手一顿。

他却已经起了身，走到我跟前，伸手捧住我的脸，笑得无比笃定。

“我的卓尔什么都好……够聪明、够果断，但是呢……唯一的缺点就是心太软。卓尔啊卓尔，你这个样子是做不了狠毒的女人的，最多……”他凑近了一些，似乎是想在我的面颊上亲吻一下，却被我偏头躲过了。

“好好说话，别动手动脚，小心我废了你！”

他笑着，退开了些：“最多变成一个狠毒的小傻瓜。”

我忍。

“好吧。”他重新靠回了沙发上，带着些胜利者的微笑，“我其实早就知道你和岳林打的什么主意。”

角色猛然被翻转调换，看着他的脸，有那么一瞬间，我觉得自己才是那个被胁迫的人。

“我答应你们去上那个真人秀节目……”他的手指轻轻点了点桌子，我知道，那是他肚子里坏水发酵的时候的标志性动作，“不过嘛……”

“什么条件，你说。”

“卓尔真上道。”他满意地一笑，“我可以配合你，但是拍摄的时候你得听我的，无论我提出什么要求，你都不能拒绝我。”

我皮笑肉不笑地望着他：“呵呵，万一你心怀不轨，我是不是还得主动送上？”

他撑着头，修长的五指弯成一个好看的弧度，满脸的云淡风轻。

“那你就猜猜看，你到时喊破喉咙的时候，会不会有人及时冲进来救你？”

——这个浑蛋。

节目临拍前两天，路子盛不知道什么毛病犯了，非说要提前演练一次。

“有这个必要吗？”我望着他，皱眉道。

他微微一笑：“卓尔，结婚两年了，我们好像还从来没在一起吃过早餐吧？”

“作为一个优秀的贤内助，我怎么能打扰路总来之不易的私会后宫的时间呢？”我和他打着太极。

他轻笑一声：“卓尔你说什么呢？我的后宫，明明只有你一个人啊。”

我一时惊骇，连连摆手。

“可不敢可不敢，路总后宫佳丽三千，”说着，我对着他眨了眨眼，“专宠我一人，我怕自己死后下地狱。”

他弯了弯腰，凑到我面前，眼带戏谑：“卓尔，你在吃醋？”

我不着痕迹地往后退了一步，轻咳一声：“不，显然我在拍马屁。”

路子盛面上调笑的表情明显顿了一下，然后勾了勾嘴角：“那么恭喜你，你拍马腿上了。”

……

之后，为了表达诚意，路总请艺人部的人推掉了我明天的拍摄通告。

“卓尔啊，”他面上挂着满满的善解人意，“后天就要拍摄了，我实在舍不得你辛苦，不如明天就在家里休息一天？”

我对着他假笑：“那么，翘通告的违约金？”

他嘴里吐出两个字：“你出。”

不光为难我，还要难为我的钱。

我恨。

我从梦中醒来，睁开眼第一件事就是看手机，果然，八点了，这家伙关了我的闹钟。

我揉了揉自己的太阳穴，打了一个长长的呵欠。

要不是因为最近一段时间的生物钟准时，这个点我可能还真在梦里。

如果不是今天路子盛作妖停了我的拍摄，我估计就是连续四晚的通宵了。

白天要进行正常的商演和杂志拍摄，我把准备试镜的时间全部压到了晚上。

强制性的节食和力量训练，让我的形象更贴近我的试镜角色，也让我的脚步越来越虚浮无力。每天晚上都不像是睡过去的，更像是累得昏过去了。

忽然，房门被人轻飘飘地推开了一道小缝。

我心念一动，立刻闭眼装死。

有脚步声靠近我的床边，然后，床头柜上传来了重物搁在上面的声音。

我睁开眼睛，和刚刚放下早餐盘的路子盛四目相对。

似乎没料到我这个点就醒了，他看着我极为尴尬，我望着他极度可怕。

望着手边的谷物汁和去了蛋黄的鸡蛋白，我嘴角抽了抽："你别告诉我，以前的早餐都是你给我端的？"

真的，以往我起来的时候，无论几点钟，手边都会有摆好的早餐。以前我总以为是打扫阿姨拿进来的，直到今天看到路子盛。

被妖怪附身了？我满腹狐疑地望着他。

他拿眼睛睨了我一眼，然后用手在我脑门上狠狠一戳："没睡醒做梦呢？"

我觉得额头那儿好像被他捅出了一个洞，忍不住发出一声撕心裂肺的怒吼——

“放开我刚填充的额头！”

他被我吼得手抖了抖，闭眼给自己顺了口气，然后转身出了房间，似乎短时间内都不想再看到我了。

这种时候，我是一定要去硌硬他的。

于是，我端着餐盘哼着歌儿，杵到了他面前。

隔着一张餐桌，我俩难得各吃各的，相安无事。

过了十分钟，打扫阿姨从外面买菜回来了，发现我们坐在同一张桌子前，对着我一笑：“难得今天起早你们坐一起吃。”

我对着她点了点头，笑道：“我起得晚，还总要您做好给我送房里去，真的是麻烦了。”

对面的路子盛忽然连声咳嗽了起来，似乎是想传递什么暗号。

我回头疑惑地看了他一眼：“你咽喉炎犯了？”

那一瞬间，他看我的眼神之复杂，恕我无法用语言描述。最后，他只给了我一个看傻子的眼神，然后就低头不理我了。

那边的阿姨倒是没意识到我们桌上的风云变幻，她笑了笑：“我早上得赶早买菜，所以先生只让我管两餐，早餐一般都是先生自己做的。”

我一口谷物汁卡在喉咙里，咳不出来也咽不下去，只能惊讶地瞪着路子盛。

也许是我的视线过于灼热，他终于回了我两句：“姜小姐多虑了，我只是出于个人修养。别说你是个人，就是条狗，我也会一起顺带着备上。”

说完，他抬起头，又露出了我熟悉的，充满邪气的微笑。

刚刚升起的几丝感激的小火星瞬间被浇熄。

作为一个女明星，我是一个有教养的人，我从不骂人。

——于是，我抄起手边的餐刀，戳向他的鼻子。

“你！现在、立刻滚出我的视线！”

阿姨见怪不怪，转身淡定地去了厨房。

但是，路子盛本人很是大惊小怪。

他往后一退，避开我此次的攻击，然后淡淡道：“你信不信我明天罢录？”

我果断收刀，换上笑脸：“老公，爱你哟！”

可能是我脸上的表情过于真挚，他好像没刚才看上去那么生气了。

作为一个成年人，我觉得路子盛这样不好。他实在是过于小心眼了。但是没关系，我大度。

于是，我向着他，低下了我高贵的头。

“抱歉，刚才是我冲动了。今晚下班的时候，如果路总有空的话，能不能赏脸一道吃个晚饭，给我一个赔罪的机会？”

这一点果然取悦了他。

他嘴角翘了翘：“好啊。”

八点，他出门上班，我戴着墨镜出门透气。

出大门的时候，门卫喊住了我：“姜小姐，这里有你的信。”

我一下子来了精神，浑身的疲惫都仿佛一扫而空，惊喜地跑了过去：“是我的明信片到了吗？”

门卫对我笑着点了点头：“今天早上刚到的。”

我闻着纸面上淡淡的古龙水的味道，面上难得露出了小女生才有的欣悦：“谢谢！”

走出去几步，我迫不及待地将卡片翻转过来，上面用我熟悉的笔迹写道：

前两天在电视上看到了你的新戏，演得很棒，眼神比以前多了一些坚定。新的一年要继续加油啊，出道纪念日快乐，我会在后面望着你，直到你成为载入史册的女演员。

卡片的末尾，落着一个我熟悉的，钢笔写就的花体“L”。

我把卡片抱在怀里，鼻尖轻触纸面，像是守护着自己心底最宝贵的一方小天地。

这个L，是我一个多年的老粉丝。

从我刚出道的时候开始，他每年都会给我寄两张卡片。一张是在我生日的时候，另一张的寄出时间就比如今天，我出道的日子。

这些卡片持续了整整五年。

卡片上的话不多，大多是鼓励的话。但是在那些沮丧的日子里，这些话无疑是支撑我继续往前走的动力。

我从未见过他，他也似乎不想让我知道他的真名，一直以来都用L这个字母给我寄卡片。

我有时会想，L是个什么样的人呢？喜欢用男士的古龙香水，话不多，细心体贴，应该是个很严谨温柔的人吧？

我又想起了那个喜欢用同款古龙香水的路总，嘴角忍不住抽了抽。

呵呵，其实同喜好的人之间差别也是挺大的吧？

“嘀嘀——”

手机的短信铃声忽然响了一下，我拿出来一看，是岳林。

他说过会儿来找我谈明天正式开始的拍摄通告。

顺带着，我就把晚上要和路子盛一起吃晚饭的事情跟他说了，让他替我把晚上的工作推了，把时间空出来。

做完这一切，我揉了揉发痛的太阳穴，一心一意想着今晚又该怎么去讨好那个难应付的男人。

下午五点半，我的车准时停在了公司的门口。

张扬的酒红色喷漆引起了不少人的注意，路子盛正好从大楼里提着包走出来，背后还跟了好几个穿西装的人，追着他谈工作。

我叹了口气，按了按喇叭，示意他我来了。

果然，老婆亲自来接下班的虚荣心大大地满足了这位大佬。

他神情愉悦地向着边上众人挥了挥手告别：“卓尔来接我吃饭了，我先走了，项目有什么问题就先搁我桌上，明天上班我来看。”

边上一位女高管露出了羡慕的表情：“路总，你们夫妻感情真好。”

路子盛淡淡一笑：“那当然，当初卓尔追我的时候那么辛苦，我现在当然要心疼她一点了。”

她追我……

“噗——”

心疼她……

“噗——”

膝盖上连中两箭的我表情扭曲地望着那个造谣的罪魁祸首，他显然注意到了我不善的目光，对着我一笑。

“望眼欲穿了吧，小傻瓜？”

路子盛，算你狠。

我扭过头去装聋，不想听围观群众不明真相的惊呼。

吃饭的时候，路子盛的心情看上去十分不错，还特别好心地换过我的盘子，替我把里面的牛排切成小块，再换回来。

全程动作行云流水，完全无视了我诡异的眼神。

他低头处理着自己盘子里的东西，语气带笑："吃你的，盯着我做什么？我那么好看？"

我又想起了那个"奶油蛋糕"的梗，霎时满满的不适，果断低头吃自己的。

一根手指忽然伸到了我眼前，我疑惑地抬起头，就觉着嘴角一暖。

路子盛用指腹轻轻抹去我嘴角的酱汁，惹出了我一身的鸡皮疙瘩，我正要开口吐槽他——

"咔嚓！咔嚓！"

忽然，快门声伴随着两下闪光灯打破了此刻的宁静，对面的人的脸色以肉眼可见的速度冷了下去。

他收回手，用餐巾淡淡地擦了擦："很好。"

声音平静，我听着却有些不寒而栗。

我连忙出声想甩掉这口天降的大锅："狗仔不是我找的！我真就是想跟你出来吃个饭而已！"

他笑了笑，一脸"你觉得我会信吗"的表情。

说话间，那些不知道哪儿冒出来的狗仔已经杀到了我们桌前，一个个争前恐后地把话筒往我们嘴边递。

“听说路总和夫人最近要参加水果台的综艺节目是吗？”

“具体内容和形式能谈谈吗？”

……

他冷着脸，一言不发地望着我，完全无视了周围那些记者。

岳林不在，我只好自己处理。

我站起身对着那些记者赔着笑：“不好意思啊，今天是私人行程不接受采访，大家散了吧？”

那些人还不死心，大有拦着我们不走的意思。

“请让让。”路子盛对着面前一个挡在身前的女记者冷声道。

我赶紧扯了他一把，安慰面前明显被吓到了的女记者：“不好意思啊，他今天有私人安排，麻烦大家让一让给我们行个方便，下次有机会我们一定让大家好好采访。”

说完，趁着人群松动的间隙，我拽着路子盛扭头就跑。

“还好跑得快。”我靠在副驾驶的椅背上长舒一口气，转头向旁边的路子盛，“我跟你说，这些狗仔为了噱头什么都能往上写的！你下回说话真得注意下情绪，不然管你是谁，得罪了他们，明天你的黑料就妥妥地挂娱乐头条！”

“我的炒作经验哪里有姜小姐丰富呢！”他淡淡道，“托姜小姐的福，明天我们又能上一次夫妻恩爱的头条了，还真是很好地为明天的节目造了一波势呢。”

路子盛坐在方向盘前，口中吐出讥讽的字眼。

看他那个样子，我叹了口气，决定待会儿回去之后打岳林的电话问问情况。

晚上吃饭的事情除了我和他，只有岳林知道。

估计我家这位经纪人又会错意，以为我是要借机炒作了。

晚上，路子盛房门口。

我踌躇半晌，终于敲了敲他的房门。

里面传来一个极为淡漠的声音：“进。”

我赔着笑脸，推开门：“路总，在忙呢？”

他手上抱着一个平板电脑，正靠在床头看东西，头也不抬地回了我一句：“有事？”

又闹情绪装高冷了。

我整理了一下面部表情，对着他深深地鞠躬道歉：“抱歉，路总，是我没有管好自己的经纪人，才导致那样的事情发生，我替岳林来向您赔不是。”

“姜卓尔，你是他什么人？”他抬起头，神色极为不悦，“岳林失误了就让他自己去人事部领罚，你有什么资格替他道歉？”

又在无理取闹了。

我起身，对着他笑了笑:“那如果路总不生气了，我就出去了？”

“出去！”

“好的。”

我转身往门外走，行动之间一不小心撞到了他放在桌上的一个花瓶。

惊怒的声音瞬间在身后响起：“姜卓尔！”

我半蹲着，稳稳地托住了那个即将滑落的花瓶，然后吃力地起身。

“抱歉，花瓶没事。”

他直接赤脚下了床，走到花瓶边小心地把它捧在了手里，好像是在保护什么易碎的宝贝。

但我知道，重要的并不是瓶子，而是里面放着的那束花。

他的桌子上一直放着这么一束花，从两年前我跟他结婚，搬进这座房子的第一天起，那束花就一直摆在这个位置上。

不过奇怪的是，这束花好像不是真的，是一束绢布做的假花。不然也不能让他放在那儿养两年。

我想，这束花想表达的应该是所谓的，永不凋零的爱情吧。

据打扫阿姨说，好像是他有一天拿着这束花出了门，临走的时候还是心情很好的样子。

阿姨看他是真的开心，就多问了一句："先生，这花是要拿去送给什么人的吗？"

据说，当时路子盛那张俊脸上居然染上了一抹可疑的红云。

"嗯，今天我想去把那些话亲口告诉她。"

不过，虽然出门的时候很是欢欣，但是晚上回来的路总精神状态就不是很好了。

阿姨说，他当时喝得烂醉，进门就倒在了沙发上，手里还死死攥着那束花，看上去失魂落魄的，嘴里不停地念叨着："我真是疯了……她这样的要求也答应……"

据说他当时受了很重的情伤，但是没过多久，我就搬进来了，因为我们结婚了。

这事儿也就不了了之，只有那束花还留着。

阿姨跟我说的时候，还在不停地替他解释："你千万别多想，既然已经结婚了，就说明这事儿翻盘了，别……"

我毫不在意地对着阿姨摆了摆手："没事儿，我能理解，哪个男人年轻的时候心里没过一两个白月光？"

想到这里，我大度地拍了拍他的肩膀："路总，做人大方点嘛，我都不计前嫌帮你捞你白月光的花瓶了，你也就别为了岳林再跟我生气了呗？"

他闭了闭眼，深吸了一口气：“出去，别再让我说第三遍。”

我只好团成团滚出了房间，还好心地给他带上了门。

合上门缝的时候，我望见路总的表情很是怀疑人生。

唉……可怜的单相思男人。

第二天，我醒得很早。

或许是出于一个演员对于摄影机的绝对敏感，即便是在半梦半醒的情况下，我也嗅到了隔着一层门板，有摄影镜头的味道。

十分钟的时间，我手动揉出一个凌乱而不失层次感的“睡不醒”头式，发带往额前一束，水乳、遮瑕一气呵成。

出于素颜感的需求，我还刻意留了小片脸颊上的红血丝没遮。

然后，我打着呵欠，装作刚醒的样子推开房门，“惊吓”地望着面前搭好的长枪短炮。

“你们怎么这么早就来了？”

厨房里响起了烤箱完工时“叮”的一声，我轻车熟路地走了过去。

果然，路子盛系着围裙，正在表演一位替晚起的妻子做早餐的贴心丈夫。

周围有工作人员小声道：“哇！原来路总这么居家啊，还早起给老婆做早餐！”

即便昨天才把我从他的房间里毫不留情地驱逐出去，但此刻，他的眼神温柔得异常真实。

“起来了？快去洗手，吃饭了。”

对手如此入戏，我自然也不甘示弱，含情脉脉地望了回去：“好。”

我们看上去是如此相爱。

他把芝士蛋糕和挤满沙拉酱的蔬菜沙拉端到我面前，我把满满一杯牛奶推到了他手边。

我不能吃高热量的食物，而他乳糖不耐。

他和我对视一眼，非常凑巧的是，我们都在对方的眼中，看到了隐藏在平静表面下的浓浓挑衅。

旅行就要开始了。

——来啊，一起互相伤害。

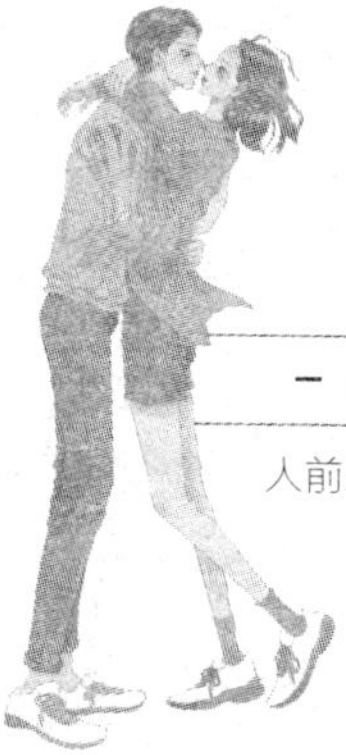

- Part 2 -

人前恩爱，人后相杀

次日，在节目组的安排下，我们开车去机场。

上车之前，PD拍摄了一些相处片段进行剪辑，然后关上摄影机。

“那，路总、卓尔姐，我们就先过去了，在机场那边等你们。”

“好。”我对着他们点了点头。

岳林摇下车窗，对着我和路子盛说：“上车吧。”

我习惯性坐到了前排的副驾驶座上，岳林开车送我的时候，我一向坐在那个位置上，因为方便用挡光板上的镜子补妆。

路子盛一个人坐在后排，冷冷地望着前座的我们。

一到机场，路总便利落地一甩车门，准备下车走人。

我一看这不要坏事吗？于是赶紧解了安全带跳下车，冲上去死死地拽着他的胳膊不放。

“拽着我干什么，不去找你的宝贝经纪人？”

“到机场了，小心被拍到不和。”我一边说，一边用余光瞟着周围，看看有没有藏在角落里偷拍的狗仔队。

他的面色阴沉如水，抿了抿唇，忽而又对着我笑了：“呵，要防偷拍的话，这种程度可不够。”

闻言，我不明所以地转头望向他，下一秒，呼吸就被人狠狠地夺走！

身后闪光灯忽然狂闪。

我瞪大了眼睛，惊讶地望着眼前忽然放大的面孔。

以前不是没有这样的事，但是这回路子盛居然一点招呼都不打就自己发挥了，这戏我差点接不上。

我稳了稳心神，赶紧配合着环住他的脖子，与他贴得更近。

他身子一僵，喉间发出一声嗤笑，低声道：“姜小姐反应挺快嘛。”

我承让道：“没有路总眼睛尖。”

明天的娱乐版头条肯定有了，S&T 娱乐路子盛、姜卓尔夫妇机场热吻。

他垂下头，状似怜爱地用手指在我的唇上轻轻蹭了一下：“感觉如何？”

我陷入了迷茫。

路总这是什么意思，质疑我演吻戏的专业技巧还是专业素养？

不行，我要还回去。

我略微沉吟了一阵，状似在分析，许久，才对他说：“恕我直言，路总的技巧比我之前对戏的男演员感觉要差些。”

路子盛的面色黑如木炭，甩了我的胳膊扭头就想走。

我死死地抱住了他的胳膊不让他走，碍于边上蹲着的记者，还配合肢体动作撒娇似的喊他：“老公……”

喊完我自己先反胃了，他显然也被恶心得不行。

“姜卓尔，不要露出那种奇怪的表情。”

我对他眨了眨眼：“那老公你不走了好不好？”

他一脸的不忍直视：“答应我，你这样真的不可爱。”

我“嘁”了一声，手松了松，小声道：“难怪追不到你的白月光，你这么说话简直就是注定孤独一生啊。”

他的脸又垮了下来。

我们正僵持着，忽然，那边来了人。

走在前面姿态优雅的女人名叫陈宁，是这圈子里的超一线明星，天生适合大银幕的女人，被镜头选中的幸运儿。或许真的是投胎的时候被上帝亲吻过脸吧，即便年近四十了，她仍旧显得那么美丽动人。

她的后面，跟着的是她的丈夫林少勋，二十出头的新生代偶像。

他俩是圈内出了名不被看好的姐弟恋。女的比男的大了十几岁，女的超一线，男的流量小生，这怎么看怎么让人想歪。

网上提起他们的感情生活，总会掺杂着一些不太好的传闻，有嘲笑男的借梯子上位的，也有嘲笑女的仗着身份养“小狼狗”的。

但我觉得，他俩应该是真爱。

因为就在刚刚那短短的一段路里，林少勋的眼神就没有离开过陈宁，那样包容而又深情的眼神是演不出来的。

当然，还因为林少勋的演技差得尽人皆知。

也不知道陈宁影后的奖杯都抱三个了，为什么就不能挑个时间指导一下老公的死亡演技。

陈宁一眼看到了被围在记者堆里的我和路子盛，朝着我们热情地打了个招呼：“路总，卓尔，大老远就看到你们在这儿呢。”

我赶紧低头做娇羞状：“陈宁姐好，少勋好。”

“年轻就是好，跟偶像剧一样，看着好羡慕啊。”说着，她还回头看了眼身后的林少勋。

林少勋朝她温柔一笑，然后对着我们点了点头。

我心说我更羡慕她。

谁能想到一个人在年近四十的时候，还能找到真爱呢?

至于我……

我望了眼身旁的路子盛。他不是我的丈夫，他只是我的事业。

路子盛似乎读懂了我的眼神，伸手揽住了我的腰，靠在我耳边问我："累不累？要不要我帮你提行李？"

陈宁看着我们这如胶似漆的样子，又在笑。

那边岳林刚好推着行李车过来了，作为经纪人，他还要替我忙试镜的对接工作，接下来的行程可能无法全程陪同。

我见路总如此敬业，主动要求提行李，二话不说把两个巨大的行李箱推到他手上。

"辛苦啦！"

路子盛拖着两个加起来足足有上百斤的行李箱，神情复杂。

边上的岳林轻咳一声，拍了拍他的肩膀，似乎乐得轻松。

我走在路子盛身边，轻声道："路总忍忍，能不能树立居家好男人的形象就看这一出了。"

……

登机时间快到了，最后一对夫妻却还没到。

节目组有些急了，打电话催促他们的经纪人，却被告知这两人早就出门了，只是堵在了路上。

这一对夫妻我比较熟悉，因为他们和我一样，都是路子盛旗下 S&T 娱乐的艺人。

两人都是偶像出身，年纪都不大，当初爆出结婚的消息的时候，还在网上掀起了不小的风浪。

男偶像的热度比女偶像高一些，女友粉也多。

得知自己偶像结婚的消息，女友粉们在女方的微博评论区里骂到女方直接关评论。

不过，那个男的真的很“刚”。得知这一切之后，他不顾公司阻挠，直接跳出来维护自己的爱人——

“我可以不要热度不要事业不要现在所拥有的一切！但是，让我放弃我最爱的人，对不起，我做不到！”

这番不留后路的言论，激怒了大批女友粉导致脱粉，却收获了不少路人的好感度。

然而对于公司来说，偶像谈恋爱乃至结婚，本身就是破坏自身人设的违规行为。正常情况下，公司中断他们的通告，雪藏他们都不为过。

但是，我们的路总没有。

说真的，这是路子盛做得最出乎我意料的一件事。

我总觉得，按照商人无利不起早的脾气，这两人除了解约滚蛋，绝对没有第二条路可以走。

可是，路子盛却指挥公关部门为他们压下了粉丝的大面积声讨，并且不断把话题往“真爱无价”这种拉路人好感的地方带，还特意安排他们上夫妻综艺

——也就是今天这档节目。

原来路总也有这么通情达理的时候啊。

我想起他那些花和卡片，叹了口气。

好吧，也许是在追求真爱的坎坷道路上，我们的路总对他们深有感触吧。

苏凌和肖成泽两个人到的时候，机场的安检口都快关了。

路子盛这会儿难得摆出了一副老板的样子，严肃地望着那两人：“怎么迟到这么久？”

苏凌吐了吐舌头，悄悄往肖成泽身后躲。

看他俩那紧张的样子，我拉住了路子盛打起了圆场：“不是说了人家路上堵车了吗，也是没办法的事嘛，拍着节目呢，子盛你就别一副老板的样子吓唬人了……”

苏凌望着我小声道：“谢谢卓尔姐。”

我笑着对她点了点头：“没事。”

她想了想，戳了戳前面的肖成泽。肖成泽会意，从手上拎着的袋子里掏出一大把冰激凌。

然后，我就看着苏凌像幼儿园分糖似的，把袋子里的冰激凌分给周围的人。

这两人根本不是堵车，而是半道上买冰激凌去了吧！

路子盛显然跟我想一块儿去了，他望着塞到手上的冰激凌，面上带了些无奈："你们也不是当年限制体重的练习生了，怎么还是看到吃的就走不动路了？"

听到路子盛的话，我想起自己之前听到的传闻，忍不住笑了声。

这两人的脸上，也露出了尴尬又羞耻的表情。

据说，他俩当年是一块儿出道的练习生。

一般经纪人为了监督练习生减肥，经常饿着他们，除了定量的一些沙拉菜水煮肉，根本不准碰别的。

所以晚上饿狠了，很多练习生都会躲在厕所里面偷偷吃东西。

但是这两人情况要更为尴尬些，他俩为了避开经纪人特意躲到男厕所里偷吃的时候，刚好撞上老板路子盛上厕所。

提上裤子转个身，在后面看到缩在一起的一男一女就已经够糟心的了，更别提那两人还在玩命儿地往嘴里塞东西。

兴许是想起了当年的阴影，路子盛望向手里冰激凌的表情变得有一丝古怪。

苏凌摸了摸鼻子，悻悻地说：“这不是当年背着经纪人偷吃零食，吃出阴影了吗，我现在对着食物就有一种按捺不住的欲望……”

飞机上，众人都在休息。

我昨天补了大半天的觉，现在倒是不困。

不过，路子盛为了腾出录节目的时间，最近一直在加班。晚上很晚的时候，我都听到过他在房间里开视频会议。所以，现在一上飞机，他就睡着了。

好吧，总归这回是我对不起他。

我看了眼他眼眶下淡淡的一圈黑眼圈，叹了口气，对空姐招了招手。

“您好，有什么可以帮您的？”空姐走了过来，笑容甜美地问道。

我把手指比在唇边，示意她声音小一些，不要吵到睡着了的路子盛。

“空调温度太低了，请帮他拿条毯子来。”

“好的，请稍等。”

不一会儿，空姐就拿了一条深红色的毛毯回来。

我接过她手中的毯子，把它盖在路子盛身上，再替他把衬衫的第一颗扣子解开，免得他睡得不舒服。

“啪！”

解扣子的手被人猛地捉住，路子盛的脸上带着一丝促狭，挑眉看着我笑：“飞机上没人拍，不用演了吧？”

我松开手，对着他翻了一个大大的白眼。

“看你冷才给你盖的，小人之心度君子之腹。”

他好像低头笑了一下，不过还是一脸半信半疑的样子。

虽然不想承认，但是我不得不说，这家伙笑起来眼睛里就好像有星星似的，又夺目又璀璨。

“既然如此，”他低笑道，“作为回报，我就把肩膀借你靠着休息一下。”

“谁想靠你肩……”

我话还没说完，脑袋就被强行按到了他肩膀上。

他歪着头看着我笑，我用眼睛无声地瞪着他。

旁边有工作人员在看着，他知道我不敢做出太大的反抗动作。

僵持了两分钟后，我认命地闭上了眼睛，再瞪下去我眼线都要花掉了。

耳边传来一声愉悦的笑声，我的额角暴出一丝青筋。

下了飞机之后，我揉着自己的脖子，恼怒地瞪着旁边忍笑忍得辛苦的路子盛。

——脖子歪了一路，直接落枕了！

我算是明白了，这人又故意算计我！

我们到昆明的时间是中午十二点。

这次的节目拍摄地点是云南的大理和丽江，三组夫妻将会在这两座城市之间展开一段为期三周的旅行。

昆明这边虽然没什么太阳，但是海拔高，紫外线强，不用防晒霜的话，回去脸上绝对两抹又土又靓的高原红。

另外两个女人已经轻车熟路地从随身的小包里拿出了防晒霜，她们的老公在旁边替她们举着镜子，帮着她们往脸上抹。

“咳！”路子盛看上去似乎有一点点尴尬，他轻咳了一声，假装在看远处的风景。

其实不怪他，因为我的防晒霜丢在了行李箱里。这种事平时都是岳林记着的，没了他，我就是个废人。

“卓尔。”

有人喊我，我回头一看，居然是本应该走了的岳林。

他走过来，把一把遮阳伞遮在我的头顶，站到了我和路子盛中间。

“你不是去忙试镜对接的事情了吗，怎么一起来昆明了？”

我接过他手中递过来的防晒喷雾往自己身上喷，他的手上是我带来的行李箱。原来他刚才是替我取箱子去了。

“我订的晚上回首都的票，白天没事就还是陪着你一起走行程。”他动作极为自然地替我举着镜子，看着我补妆。

“辛苦你了。”我把东西递还给他。

果然，还是得岳林跟着，我才能安然无恙地活着。

“行李给我吧。”旁边的路子盛伸手向岳林讨要我的行李箱。

岳林淡淡一笑：“这种重活还是不劳烦路总了。”

路子盛似乎有些不悦，但还是把手缩了回去。

苏凌似乎看出了这一点，开口调侃她的老板：“果然老公都是钢铁直男，只有经纪人才会关心你的脸。”

岳林颔首：“不，苏小姐，我也是直男。”

苏凌一愣。

我赶紧拍了拍岳林的肩：“行了行了，别讲你的冷笑话了，别把人家小姑娘吓着。”

陈宁看着我们问道：“你怎么把经纪人也带来了？”

我笑了笑：“岳林从我出道就跟着我，这么多年和我就跟家人一样，走哪儿都跟着。”

“是啊，我们可是三口之家。”路子盛伸手拍了拍横在中间的岳林的肩膀。

潜台词是，真是我的“乖儿子”。

岳林面不改色地笑了笑：“路总放心，我一定陪着卓尔为您养老送终。”

潜台词是，三十岁都过了就好好养老，装什么小鲜肉。

我在心里叹了口气，这两人又犯毛病了。

不知道为什么，这两人好像从见第一面开始就不对付。唇枪舌剑，暗地藏锋的事情三天两头就要上演一次。

岳林我能理解，他是担心路子盛整我。路子盛是什么情况？难不成嫉妒岳林比他年轻？

不过……想起我歪了一路还在酸痛着的脖子，我默默地竖起大拇指，为替我报仇呛路子盛的岳林点了个赞。

岳林看到后，朝我淡淡一笑。

路子盛也看到了，他回给我的是一个低声的冷哼。

正式的拍摄任务要到下午才开始，晚上还要录制一起吃晚饭的片段。

为了自己的身形考虑，我和陈宁对视一眼，都选择了中午禁食。

于是，我回过头去看那边的苏凌——

“成泽！成泽！吃饭去！”苏凌拽着自己老公的胳膊，回过头看到我一脸错愕地望着她，对我一笑，“卓尔姐，一起吗？”

我连忙摇了摇头：“我最近节食，要准备试镜。”

她点了点头，没有坚持，拉着肖成泽就走了。

陈宁和她老公找了一家咖啡厅休息，路子盛也不知道什么时候不见了。

我坐在林荫道的椅子上，对着一旁站着的岳林招了招手。

“跟导演说，今天的午饭我请了。”

岳林点点头，就去了。

为了让未来一段时间的工作更顺利，和剧组的工作人员打好关系也是很有必要的。

然而，没过多久，岳林就回来了，还给我带了一杯无糖的咖啡。

“怎么这么快？”我接过咖啡，有些惊讶地望着他。

他似乎有些无奈：“有人抢先了。”

“啊？没听陈宁他们说要请客啊……”

这时，一个工作人员刚好经过我们，看到椅子上的我立刻极为热情地向我道谢：“谢谢卓尔姐请客！”

我望着一旁站着的岳林，抱着咖啡一脸蒙。

他叹了口气，用下巴朝不远处点了点，示意我往那边看。

我转头望过去，不远处一道修长的身影捧着两杯同款的咖啡，正脚底生风地往这边走。

路子盛看到我们，脚步明显一顿。

一丝淡淡的嘲讽浮现在他的脸上，他慢悠悠地踱了过来：“边喝咖啡边晒太阳，你们两个还挺自在？”

“工作人员的午饭是你请的啊？”我问道。

“是啊，还是以你的名义。”他淡淡一笑，眼神不善地在我们两个身上打了个转，“可惜卓尔你有点让我失望。在我为你帮忙的时候，你居然和别的男人待在一起。”

我撇了撇嘴，一般这种没什么营养的嘲讽我都是左耳进右耳出。

“给我吧。”我向他伸出手。

“什么？”他一愣。

我用下颚点了点他手里的咖啡：“两杯咖啡，不是有一杯是给我买的吗？”

他嗤了一声：“真抱歉姜小姐，您想多了，这是我给自己买的。”说着，他的视线往右边偏了偏。

真是，撒谎时候的掩饰都不能换个小动作。

我翻了个白眼，直接就着他的手，凑到其中一杯的杯口处啜了一口。

他有些错愕地望着我。

“给我吧，喝这么多你晚上就别睡了，你看你那黑眼圈，三斤面粉都快盖不住了。”说着，我直接把咖啡杯子从他手中抢了过来，猛喝了一大口，对着他笑，“现在，你想拿回去都没戏了。”

他嘴角不受遏制地抽了抽："沾了你口水的东西，你还是留着自己享用吧。"

在一旁沉默许久的岳林忽然拍了拍我的肩膀，我抬起头，他的脸色看上去好像不大好。

"你在这休息，我去和工作人员谈谈下午的拍摄。"他说。

我点了点头，他头也不回地离开了。

"难道是最近忙行程太累了？"我望着他的背影，疑惑道。

下午拍摄的地点是昆明的某石林，节目组的安排是拍摄结束后，三组人员一起搭乘短途火车去往大理。

七月的昆明虽然不热，但是也有二十多摄氏度，穿自己衣服的时候倒还好，换上节目组准备的白族服饰就热得不行了。

任务规则听上去挺简单，就是三组夫妻分别换上白族的民族服饰，然后戴上面具装作景区里摆照相摊的小贩，一张合照二十元。但是，这些民族衣服路人是不能穿的。并且，我们只有穿着民族服饰和路人合影得到的钱才作数。

听听这个规则，难不难？

路人怕是脑子进水了，花二十块钱跟你合照，还不让人家穿民族服饰。

难怪刚才宣布规则的时候，那个介绍任务的PD一直在憋笑。

一进景区，跟拍PD的摄影机就全部收了起来，只带着很小的手持摄影机，藏在游客堆里，假装是来旅行的人。

我望着面前孤零零的摊子，心下叹气。

在不知道你是明星的情况下，谁没事去跟戴着面具的人合影啊？

我远远地朝别的组所在的位置看了一眼。

陈宁那组走的是生拉硬拽风，强行把路人往自己摊位拉，再配上陈影后那一口的港普，委实有综艺喜感；苏凌那边，她在路上买的那一大堆零食此刻终于派上用场了，到处在发，发完合影，算是中规中矩地在完成任务。

“任务失败有秘密惩罚的哦……”

那个PD憨笑的面容又在我的眼前浮现。

我望了眼旁边的路子盛。路总大概是第六感敏锐，直觉这个惩罚可能会超出他的承受范围，所以此刻放下架子，向路人推销得异常卖力。

虽然用处不大……

“你这是在发什么呆？”他见我站这儿啥也不做，开口问道。

他的脸上戴着一个无脸怪的面具，穿着蓝黑相间的民族服，真的是极其富有喜感。男神秒变男神经。

我心中正在思忖：“我在想怎么给自己加戏。”

他顿了顿，语气中满满的都是不祥的预感：“你想干吗？”

如果想要增加自己的镜头以获得曝光率，就必须想办法在这一轮比赛中输掉进入惩罚环节，这样就能获得额外的镜头。

但是，如何戏剧化且有镜头感地输掉呢？

有了。

我动作迅速地将桌子上放的东西全部清到地面上，手机连上地上的蓝牙音箱。

最后，我一脚踩上了桌子。

“啪！”

隔着面具，我都能感受到路总眼神中的迷茫。

我偷偷弯了弯嘴角，下一秒极具冲击力和刺激性的音乐在原地炸响，几乎周围所有站着的人都扭过头来往我们这边看。

在众人诧异的目光中，我站在桌子上开始跳舞。

沉重的民族头饰被我一把摘掉放到了地上，我赤着脚，踩着音乐的鼓点在桌上飞速旋转，被我精心打理过的长发在阳光的照耀下划过一道迷人的弧线。

路子盛盯着我，眼中似有不解：“姜卓尔，你不是肢体不协调吗？”

我对着他扬了扬嘴角。

他好像瞬间就明白了我的意思，一双深邃的眼望着我，似是无奈又似是赞许："你还真是厉害……"

我笑了。

是啊，我天生肢体不协调，早年读电影学院的时候还被形体课的老师狠狠骂过一顿——

"姜卓尔，你这样的仪态根本做不了女演员！"

我一直记着这句话。

为了回敬这句话，从二十岁起，我每天晚上都会顶着厚重的字典靠着墙角站着，或是做脊背拉伸，终于改变了走路弯腰驼背的毛病。

我学会了强迫自己改变平时已经习惯了的走路以及做事的姿势，咬牙做着瑜伽，让自己已经硬化的身体一天一天地柔软灵活下来。

甚至为了准备这个综艺，我抽时间去突击学习了一支简单的舞蹈和一首简单的钢琴曲，就是为了以备不时之需。

因为我不知道机会什么时候会降临到自己面前，但我知道，它只有一次，而我——绝不允许自己错过它！

"啪啦啦……"

周围响起了一阵又一阵的掌声和吹着口哨的喝彩声。

隐藏在人群中的跟拍 PD 们火速向这边靠拢，纷纷架起了手持摄像机。

我甚至听到了苏凌的惊呼："卓尔姐也太拼了吧！"

旋转着背身过去，我微微一笑，还有更刺激的在后面呢。

我一把摘掉面具转过身来，把脸暴露在了众人面前，笑容满面地向着下面的游客们挥手："哈喽，大家好！我是姜卓尔！欢迎大家来跟我合影！"

闪光灯在周围"咔嚓、咔嚓"响成一片。

路子盛愣了，PD 们全傻了，谁都没料到我会有这个公然违规作弊的操作。

PD 们傻了大概几秒不到，立刻推机器过来架着。

"抱歉，卓尔姐！刚才的即兴发挥能再来一遍吗？摘面具那下我们拍得不是很清晰！"

被我这么一搅和，游客们很快反应过来了，有明星在景区里面录制综艺节目。

我虽然不火，但是主演的网剧、偶像剧收视都还不错，也算是在观众面前有了一点点人气。因此，还是有不少路人本着看热闹的心态过来跟我拍照合影。

二十个路人很快凑齐了，我被围在人群的正中间，面带微笑地跟游客合影。

"那个……"一个学生模样的小女孩凑到我面前来，怯怯地问我，"你是卓尔姐姐的话，那那个戴面具的人是不是路哥哥啊？"

“是啊。”我点了点头。

“那个……我能不能和路哥哥，合个影啊？”

我惊讶于我们路总的魅力连十几岁的少女都能征服，对着被挤到包围圈外的路子盛喊了一声：“老公！”

他显然没料到我会当众这么亲密地叫他，愣了一下：“嗯？”

“这里有一个你的小粉丝，想找你合个影，你看行吗？”我笑着指了指身边的小女孩。

路子盛点了点头：“好。”

他摘下了面具，站到了小女孩的右边，对着我说：“三个人一起来一张吧？”

我低头问小女孩：“可以让姐姐一起入镜吗？”

小女孩点了点头。她左手牵一个，右手牵一个，站在中间笑得明媚。

“好啦！”

快门声响过，帮忙拍照的 PD 把相机还给小女孩，对着我们一笑：“看着还真挺像一家三口的，路总和卓尔姐什么时候生一个啊？”

猝不及防地，我有些尴尬地看了路子盛一眼，结果发现他似乎也有些不大自在，还把手抵在唇边，轻咳了一声作为掩饰：“咳，看她吧。”

这种问题通常都有一个官方答案，那就是——“我们还年轻，目前都想以事业为重。”

他抬头望着我，我用眼神示意他赶紧顺着台阶否认掉就好。结果，他嘴角一扬，出口的话完全不是我想要的：“卓尔，我不年轻了。”

完蛋，他要挑事！

他见我面色微僵，眼底戏谑地写着“求我”！

我瞪着他，行，求你！

于是，他话锋一转：“不过，我支持她的事业。”

那副假深情的样子，看得人恨不得宰了他。

呼——

我长舒一口气，总算逃过一劫。

任务结束，我们因为作弊要接受额外的惩罚。

即便已经做好了心理准备，但是看到面前放着的一大盘我恨不得全推开的东西，还是没忍住垮了眉毛。

“导演，我猜到了你会赏我们昆虫宴，但是……要不要都是这么恐怖的虫子？”

我以为的昆虫宴，是来之前在网上看攻略里面写的那些什么蜂蛹、蚕蛹、竹虫和知了这类的，最多也就出现炸蛆虫什么的，咬咬牙就过去了，纯当补充蛋白质。

然而面前这些是……

“蜈蚣？蜘蛛？蜻蜓？”不知道拍摄的PD们是不是听出了我声音中携带的一丝颤抖，一个个躲在摄像机后面笑得异常开心。

“卓尔姐，这些可以美容养颜的。”有人憋着笑说。

我面露难色：“全部吃完？”

“是的，夫妻一起吃完这些东西。”

我闻声转头去看边上的路子盛。

饶是路总为人淡定，脸色也有些不大对头，手中的筷子捏了许久，愣是没伸出去。

我咬了咬牙，下了决心。反正伸头也是一刀，缩头也是一刀。

“你待会儿就拿筷子做做样子就行了，我惹的麻烦我来解决。”我小声道。

说完，我硬着头皮，举着筷子伸向面前那一团黑乎乎的东西。

“啪！”手中的筷子被人打了一下。

我扭头看路子盛，皱眉道：“这时候就别耍帅了，乳糖不耐的人吃这么多蛋白质下去不是好玩的，你想躺病床上去吗？”

结果，路子盛对着我笑了一下，眼中的星芒亮得我不敢深思。

“姜卓尔，听点话，别让我为难。”

“喂，你……”

没等我说完，他已经夹起一长串的炸蜈蚣。密密麻麻的脚在我的眼前一晃，看得我头皮发麻。

他面不改色地把那一长条的东西塞入口中，对着镜头云淡风轻地一笑：“放过我家卓尔吧，我来就行了。”

旁边的女 PD 又开始拿台本捂脸：“路总你这也太酥了吧……”

我一时有些愣怔，居然有些分辨不出来眼前的人到底是在演戏，还是真心的。

这时，我耳边一暖。

不明所以地回过神，我看到了面前女 PD 看热闹的暧昧眼神。

路子盛不知道什么时候把嘴贴到了我耳边，我难得有些脸热：“你，你要说什么？”

他的脸上带着深情而又温雅的笑，嘴角掠起的弧度令人一时心醉神迷，然而下一秒出口的话却是——

“亲爱的，你下回要是再违规操作，我就把我今天吃的这些全部拿管子灌到你的胃里去……”

……

脑子里面刚刚冒起来的粉红旖旎被人狠狠地碾碎，我忽然觉得之前那一瞬间有些心动的自己宛若白痴。

面部急速降温之后，我偏过头对着路子盛温柔一笑：“好啊，亲爱的，那我就提前祝你今晚在厕所，催吐愉快。”

“哗——哗——”

等候间内，隔壁卫生间内的冲水声一阵接着一阵地响，隐隐还能听到夹杂其中的干咳声。

路子盛最终还是拒绝了去医院洗胃的建议，借口身体不适，躲在酒店的盥洗室里催吐。

“嘀嘀——”

手机响了两声，我把它接了起来。

“喂？”

“卓尔姐，是这样的，还有一个小时车就要开了，路总休息好了吗？”打电话的工作人员话语中带了一丝担忧，“真的很抱歉啊，这个……节目需要，我们也没想到……”

路子盛毕竟是S&T的总裁，要是真的拍节目拍出什么毛病来，S&T的法务们估计会联合起来找节目组谈赔偿金吧？

“没什么大事，”我听着那边还在响的冲水声，顿了顿，“我们尽量快点赶过去。”

电话刚挂，路子盛就从里面出来了，他伸手把漱口水的瓶子扔到了旁边的垃圾桶里，领带和衬衫都有些乱了，脸也有些微微发红。

我大步走过去，轻车熟路地替他整理领带和衬衫。这个场景我们曾经排演过很多遍，没想到第一次用上居然是在这么个场合。

他的呼吸有些微喘，看了眼周围：“怎么，这时候都有人拍照？”

我给他系领带的手停了停，然后道：“公众场合，防患于未然嘛。”

他似乎有些疲惫，点了点头没多说什么。

两个人沉默许久，他的身体有些往前倾，半边身子的着力点都在我身上。我知道他是故意的，但是难得这回我没有推开他。

“为什么帮我？”我停下手来，静静地凝视着他，“就算我自己全吃下去也没关系吧？反正我催吐都已经习惯了，而且……全世界都知道我切过胃，我无论怎么吃都不会发胖的，不是吗？”

我对着他灿烂地笑着，好像谈论的不是自己的黑料。

“从业之后就再也没有碰过主食和晚餐，节目上多吃下去的东西，之后都得抠出来吐掉，”路子盛静静地望着我，他的瞳孔中，倒映着我疲惫的笑容，“你自己说，就你那个胃，还需要拿手术刀切一下吗，早就废了。”

在对面的人的漆黑的眼眸中，我看见了自己错愕的神情。

当初公关了无数次都被无视，甚至网友还逼着我承认的事，原来在路子盛这里，只是一个轻易就能看破的真相。

事实确实如此。

“谢谢你。”我就着系领带的姿势，闭上眼睛把头轻轻靠在了路子盛的怀里。

感受到他身体一瞬间的僵硬后，我淡淡道：“抱歉路总，借我靠一下。”

一只手落在了我的发顶上，宽大的手掌轻轻拍打着我。

已经很久很久，没有过这样温暖的感觉了，就像是一场梦一样。

“辛苦了。”有人在我耳边低声道。

我鼻子一酸，忍住了即将落下的眼泪。

流泪是弱者的行为，我从不流泪。

也许是刚才的相处过于奇怪，去车站的路上，我和路子盛都没有和对方开口说过一句话，车内弥漫着一股难言的尴尬，连送我们的司机都察觉出来了。

他透过后视镜，往后面看了一眼：“路总，你们二位吵架了？”

我赶紧回神，对着他一笑：“没有没有，怎么会呢。”

路子盛伸手揽住我，也配合着补了一句：“我们从不吵架。”

他的手臂紧紧地贴着我的腰身，想起自己刚才越界的亲密举动，我不动声色地往旁边挪了挪，咳嗽了一声，示意他可以放手了。

腰上忽地一紧，我整个人扑到了他怀里。

“休息会儿。”说完，这家伙就不由分说地闭上了眼睛，把我当抱枕用。

我觉得自己永远也没办法叫醒一个装睡的人，只好掏出手机玩自己的。

不过……

我看了眼旁边的路子盛，其实这家伙如果不是那么傲娇别扭的话，当成男朋友也不是不可以的吧？想起刚才盥洗室前他安慰我的那一幕，我的心忽然悸动了一下。

从他的种种表现来看，其实也不是对我完全没有感觉，所以说，要不要试着去了解他一下……

忽然，我的手机响了一声。

我打开一看，是岳林发来的微信。

他转发了一张照片和还未编辑完成的报道截图给我。

“公关部已经压下来了，其余的，提醒路总一下。”他言简意赅。

一行一行的字往下读完，我心中的悸动一下子消失殆尽。

报道内容是：惊爆！ S&T 总裁路子盛婚外恋情大起底！

上个礼拜路子盛飞去纽约处理一项公司事务，不知道是哪个狗仔居然能突破重重安保，堵到了路子盛所住的酒店的房门口。

照片上清清楚楚地展示着路子盛和一个陌生的年轻女人在房门口拉拉扯扯的景象。

照片清晰得我甚至能看清路子盛脸上的不耐烦和惊怒，以及女人如水蛇一般缠在他身上的谄媚姿态。

新闻上说是路子盛远赴美国会见情人，我倒是不相信媒体扯的这个，以那家伙一贯的审美，这种级别的长相他根本就瞧不上。

很明显，他就是一时不备被人扒了酒店地址，被人讹了。

但我还是明白了一件事。

那就是，于我而言，路子盛确实是一个很糟糕的归宿。

“咳咳……由于你们白天的任务违规而且失败，所以，今晚两位只能搭乘我们的绿皮火车的硬座去大理了。”导演边说边看路子盛的脸色，硬着头皮把节目往下拍。

我也是佩服这位导演，明知道路子盛今天身体不适，还按照游戏规则继续往下拍，也不怕得罪了这位大佬，直接把节目给砍了。

不过路总今天心情似乎不错，即便得知了自己今晚又将无法好好休息的事实，还是那么淡定。

“没事，欣赏一下沿途风景也不错。”

我望了眼一片乌漆抹黑的窗外……

路总您还真是会睁眼说瞎话。

半夜十二点。

我和路子盛并排而坐，对视一眼，目光炯炯，全无睡意。

“你颠得慌吗？”我忍着在火车晃动中尾椎骨传来的刺痛，问道。

“是你太瘦了。”路子盛颔首，答得言简意赅。

“任务成功了的队伍现在正在软卧车厢里睡得正香，咱们这一路同甘共苦，也算是散伙前的一次别样体验了。”我调侃道。

跟拍的工作人员此时都关了机器，去了别的车厢休息。现在，整节车厢就只剩下我和路子盛两个人。

我懒得再演，卸下伪装之后，说出来的话也自然了许多。

他似乎没料到我会突然这么说，眼里涌过一阵激烈的情绪。忽然，他猛地卡住了我的下颚，强迫我跟他对视。

“姜卓尔，你……就这么想和我一拍两散？”

我双眸微垂：“路总莫不是忘了，我们本来就是假的，迟早会有散了的一天。”

“如果我说我……”他忽然停住了，他的眼前，是岳林发给我的照片。

我面带微笑地将我和岳林的微信记录横在了他的眼前：“还没恭喜路总喜提新欢。”

“你吃醋了？”他眼中闪过一丝探究。

我望着他，心底叹了口气，猜来猜去的生活，太累了。这不是我想要的生活。

“怎么会？”我收起手机，掐灭了心中最后一丝念想，笑着说，“看照片路总住的酒店不错，下回我到那边拍戏，也让岳林订那儿。”

他好像是忽然一下子清醒过来了，又变回了那个高不可攀的路总。

“也是，我不过才一个新欢，姜小姐在报纸上的绯闻对象，可是比我多了去了。”

见他不在意，我也谦虚道：“那我一定继续努力，争取不负路总所望。”

他冷哼一声，靠在椅子上闭目养神，不再搭理我。

不散场怎么可能呢？我在心底笑了一声。

说到底我们都是一路人，谁都没有安全感，谁也不肯信任谁。

两个心眼一样多的人相爱，岂不是要翻了天去？

夜幕渐沉，车窗玻璃外的世界，暗得连一颗星星都看不见，车厢伴随着缓慢而沉重的“隆隆”声，有节奏地左右摇摆着。

我的神志因为疲惫渐渐变得恍惚，尾椎骨的疼痛也逐渐离我远去……

头一歪，我好像靠到了什么舒适的东西上，出于本能地用脸蹭了蹭。

这个动作好像惊动到了那个东西。他动了动，随即，我的额头一湿，有什么声音从耳边传来：“睡吧……”

一夜好眠。

- Part 3 -

男女搭档，作死不慌

我醒来的时候，眼前一片灰蒙蒙的，隐隐有光亮从覆盖物的纹理中透进来。

头一动，盖在上面的丝巾滑落了下来，我看到了立在不远处，离我只有几寸距离的摄像机。

工作人员们望着我，正捂嘴窃笑。

脑袋下有什么东西动了动，我一惊，猛地清醒过来，这才发现自己居然枕在路子盛肩上睡了一晚上。

“你的头可真重。”他边说边活动着胳膊。

“卓尔姐，路总可是一晚上都没动过胳膊呢，就怕吵醒你。”工作人员们围着我们，嘻嘻哈哈地开着玩笑。

我的心底油然而生一股敬佩之情。

难怪路总能够白手起家做出S&T，这样扛一晚上的毅力绝非常人所有。他也太拼了吧？

于是，我小声道：“路总真牛。”

路子盛回头看了我一眼，面上的表情相当复杂。

“我去洗漱。”说完，他就黑着脸走了。

我耸了耸肩，一言不合就生气，老板的马屁还真难拍。

车子到站，我们下了车。

除开我和路子盛，其余两组休息得都不错，两两成对正靠在一起，不知道在说什么悄悄话。

我掏出手机，给岳林发了条短信报平安：“已到大理。”

那边立刻回复了我：“好。”

我笑了笑，收起了手机。他昨晚就回了首都去洽谈项目，今天还能分出心来回我的消息。

岳林就是这样，对工作上心到了一种恐怖的程度，这也是我这么多年一直没有跟他分道扬镳的原因。

路子盛站在一旁，冷冷地望着我：“演戏都这么不敬业？”

这话说得就很无理取闹了。

我低声道："路总，我和我自己的经纪人报个平安，好像不需要经过您的同意吧？"

"就像昨天晚上的照片一样，他要你做什么你就做什么，他说什么你就信什么是不是？"他深深地望着我，似乎格外在意这个答案。

我别开了眼睛。

"是啊，因为他是我的经纪人，是我最亲近的人，"我反问，"我不信任他还能信任谁？你吗？"

"很好。"他嘴角微勾，带着些嘲讽的意味，"那么，姜小姐，我们拿的可是童话 CP（夫妻）的人设，这么冷冷淡淡，好像不太好吧？"

我一愣。

"还是说……"他低下了头，眸中带着玩味，"你想让昨晚的报道变成现实？"

他说得没错。

我并不在乎他是否出轨，但我在意他坐实出轨传闻之后对我的影响。

如果他出轨了，那节目播出之后，所谓的童话夫妻人设岂不成了一个天大的笑话？

我把心一横，直接握住了他的手，对着他温柔一笑：“老公，我的手有点凉。”

他从善如流，抓住我的手，塞到了他的外套口袋里，眉宇间闪过一抹胜利者的微笑。

“这样呢？”

我忍住胳膊上冒起的鸡皮疙瘩，回答道：“嗯，不冷了。”

十指相扣，PD 们的长枪短炮又一次包围了我们，整个监控镜头里似乎都飘满了少女的粉红泡泡。

他向着我俯身靠近，我配合着低下了头。

热气拂过耳边的碎发，好似少女漫画中的场景——至少外人看来是这样的。

然而，实际上……

“别忘了你来之前答应了我什么，你敢中途放手，我明天就罢录飞回去，亲、爱、的。”最后三个字，他咬得特别重。

我知道，他是在说来之前我和他约定的那件事。

无论发生了什么，拍摄的时候都必须无条件配合他。

威胁人是吧？谁不会啊。

于是，我咬牙道：“路总，绿皮火车把你脑袋晃出水了？忘了我给你拍的绯闻照了吗？”

本以为岳林发来的实锤照片能够将路子盛一军，没想到那家伙居然捂着额头笑出了声，把我整个人都笑蒙了。

“你吓疯了？”我恶狠狠地道。

“卓尔啊……”他边笑边摇头，“你还真是一个十足的小傻瓜。”

我睨着他：“什么意思？”

他忍着笑，戏谑道：“不过是扣一个私生活混乱的帽子，我还是继续做我的总裁，顶多被人指责一句风流成性，不会造成什么实质性的影响。但是，你呢？”

他没再往下说，我却全明白了。

被豪门抛弃的女人，实在太可悲。

这也是我即便心有所动，也仍旧不愿意和路子盛在一起的原因。

因为那样我就会永远活成他的影子，被打上“路太太”的标签，成为他身上一个随时可能被丢掉的漂亮装饰物。

“你看吧……”他对着我一笑，“横竖都是你丢人。”

“路总放心，”我皮笑肉不笑地道，“就算是天荒地老，我也不会放开您的手。”

听完我的话，他愣了几秒，忽地又笑了起来，那笑容看上去有些邪门。

“姜卓尔，”他止了笑，定定地望着我，“你最好记住你自己的话。”

我打了个冷战。

“今天的任务我们将在大理古城进行，下面我来向大家宣布一下游戏规则……”

上午十点，我们的拍摄在大理古城最外侧的城门边开始了。

我们将根据NPC（网游中的角色扮演者）的提示，夫妻组队在古城内的南诏主城完成绣球招亲和押送囚犯两个任务，失败者的惩罚今天也提前告知了，就是要在洋人街摆摊卖小饰品。

“姜卓尔，你今天最好给我安分点。”耳边传来路子盛的低声警告。

估计昨天虫子宴的阴影还没从脑子里消失，路总到现在还有些心有余悸。

“太安分了我就没镜头了。”我偷偷瞧了那边的陈宁和苏凌两组一眼，小声道，“影后有咖位，苏凌和肖成泽有话题，我有什么？”

路子盛嘴角微掀：“你有我啊。”

我点了点头，深以为然：“是啊，我也就蹭蹭你的热度了。”

路子盛的表情看上去似乎有些失望。

“所以我们今天演点啥？霸道总裁与傻白甜还是邪魅少爷与小娇妻？”

“你为什么知道这么多奇怪的东西？”

我望着他，理所当然地道：“偶像剧和言情小说就是女性永恒的强心剂！”

……

分组任务之前，PD特意跑过来找我，对我三令五申：“卓尔姐，你可千万别像昨天那样了。那样虽然挺有梗的，但是也不好一直不按规则来吧？”

“行吧。”好遗憾哦。

第一个任务是绣球招亲，在南诏主城的官道边，那里离大门特别远，从地图上看，基本上是处于古城最里面的位置了。

然而，地图对于我来说，宛若废纸。

我平时出门逛街扫货都得带上岳林，不然我一定会在商场里面转晕过去。

路子盛在我旁边，一身休闲装，手插裤袋，迈着六亲不认的步伐高贵冷艳地走着。

我伸出一根手指，朝着他的腰部戳了戳。

他连个眼神都懒得给我。

在我们第三次经过一个卖小饰品的摊位，且可爱的摊主小姐姐第三次对他抛媚眼的时候，路总终于意识到不对劲了，回过头来问我：“你认得路吗？”

我对着他，笑容甜美："不认识啊。"

他的眼中露出看傻子的神情，瞥了眼我手中的地图，然后掏出手机，准备导航。

我磨了磨后槽牙。

你不也看不懂地图！你横什么！

一分钟后，路总云淡风轻地将手机放回了裤兜。

"走吧。"他淡淡道。

我狐疑道："你就记住路了？"

旁边沉默了许久的跟拍 PD 望了我们一眼，然后从口袋里掏出一个小型屏蔽仪。

"别搜了，没信号的。"

认命吧！我还是老实看地图吧。

"地图给我。"一只修长的手伸到了我面前，我抬起头，看到了路子盛笃定的眼神。

"路总帮我吧。"我连忙把地图递了过去，欢乐地挽住了他的胳膊。

今天为了在镜头前拍得漂亮，我还特意穿了高跟鞋来，结果走到现在前脚趾都有点发麻，巴不得赶紧到目的地找个地方坐下来休息。

路总面上的表情十分愉悦："跟我走。"

“好嘞！”

然而，事实证明，精英就是精英，什么都是一流的水准，就连装腔作势的时候也是。

第八次看到那个抛媚眼的摊主的时候，我心态终于崩了。

“亲爱的，你是在用脚看地图吗！”我一副生无可恋的样子，“再多走几回我连那个小姐姐痦子上面挂了几根毛都快数清了！”

路总皱了皱眉，为自己辩解道：“我很久没用过这种纸质地图了。”

我的脸上露出了尴尬而又不失礼貌的微笑。

您就吹吧，看不明白就看不明白嘛，大脑退化还能说是科技发展太快的错吗？

穿着高跟鞋的两只脚有些微微打晃，性感光滑的冰丝袜子被向前的冲力戳破了一个洞，此刻正随着摩擦力把我的大脚趾拉出一道道血痕。

我越走越慢，全身的重力都压在了挂住路子盛的那只胳膊上，整个人像脚踩在两个高跷上摇摇欲坠。

路子盛忽然停了下来。

我疑惑地看着他，刚想出声问他为什么忽然不走了。

“喂——”

伴随着一声惊呼，下一秒，我便被他打横抱起，两腿悬在半空中。

看我们找路找得昏昏欲睡的PD忽然像打了鸡血一样地蹦起来，扛起摄影机就怼到我们面前，振臂高呼：“路总真帅！”

我抬头望着他，他低头望着我，无名的情愫在彼此的眼神交流中涌动。

“路……”我望着他，正欲开口感谢，忽然，脚底一凉。我定睛一看，霎时大脑充血——

“路子盛我要宰了你！”

罪魁祸首似乎还不知道自己犯下了什么滔天大孽，皱着眉头收回那只扔掉我高跟鞋的罪恶的手：“你脑子进水了？为什么要穿这么难走的鞋子？”

我深吸一口气，告诉自己，这是镜头前面，我不能发飙。

“路总……”我勉强维持着自己的理智和他好好解释，“你知不知道，这是我最喜欢的一双高跟鞋，还是设计师签名的限量款，就这么一双，你……”

然后，我就看见路总蹙起了他那精致如刀锋的眉。

“可是，”他似乎有些不解，“穿你脚上很丑啊。”

“噗——”

别生气，别生气，我默默地安慰自己。

就算路子盛是娱乐公司的老总，但毕竟是个男人，对女性的时尚没有认知也是可以理解的，直男嘛，毕竟……

“不过，”他顿了顿，“我之前在巴黎的秀场上见模特穿过，没这么丑，你不说我都没认出来。”

我收回前面的话，如果不是在镜头前，我一定会把路子盛的脸变成鞋子放在地上疯狂摩擦。

“亲爱的，”我在他怀中温柔一笑，眼神却透露出阵阵杀气，“虽然我穿着不好看，但是我真的很喜欢它，仅次于你送我的那双。”

才怪！

那种直男审美下的魔幻水晶鞋，穿着走了一次红毯我就压在柜子里再也没动过了。谁日常会穿绑带绕到小腿上的高跟鞋，也不嫌给自己找麻烦？

路总似乎是察觉到了自己的所作所为不太妥当，沉吟半晌道：“如果你老实不动的话，明天我就帮你把你的鞋柜填满。”

极具霸总气息的话语刺破了我的天灵盖，金钱的味道狠狠地抽打着我的自尊心。

我的心脏狠狠地抽了一下，然后缩在他怀里不动了。

“如果路总能再填满我的衣柜的话，我不介意现在起誓永远爱你。”我对着他眨了眨眼，诚恳道。

路子盛的眼角以肉眼可见的幅度微微抽了抽。

我对着他甜蜜一笑："老公我爱你。"

我发誓，路总当时看我的眼神，应该是比较想把我扔出去。

不知道 PD 是不是被我们腻歪的样子恶心到了，还是觉得再迷路下去他手上的机器都要没电了。在路子盛抱着我第十次路过抛媚眼小姐姐的摊子的时候，他终于猛地合上了摄影机的镜头盖。

"路总，卓尔姐，这边走，跟我来。"

我们被带到绣球招亲的场地的时候，穿着新娘装的临时演员嘴里都已经叼上了一根冰棍，撑着伞，一副中暑快要倒地的样子。

"三组来了来了！快点，所有人就位！"

带我们过来的 PD 边跑边对着那边喊。

椅子上的人一下子全部爬了起来，匆匆忙忙地到自己的位置就位。

"待会儿请大家喝一杯冷饮吧，账单给岳林，钱从我账上划就是。"我开口对路子盛道。

路子盛点了点头："好，我待会儿去通知你助理。"

饰演新娘的演员扔掉了手里还剩一半的冰棍，对着下面的机器比了一个 OK 的手势，游戏剧情开始。

南诏城内最富有的朱家小姐到了成亲的年纪，朱老爷为了彰显自家财力，在主城临街的地方耗时三个月搭建起了一座二层的小绣楼。

绣楼上缠满了鲜红的罗缎，打成同心结的式样，预示着小姐与有缘人可以永结同心。

招亲当日，朱家小姐将会以红纱覆面，立于绣楼之上，将手中的绣球抛给楼下的年轻公子们，谁接到了绣球，谁就是朱家的新郎官。

群众演员十分敬业地在下面挤来挤去，朱家小姐望着下面黑压压的一片抢绣球的人群，似乎不知如何下手，站在高楼上踌躇了许久。

明明是件喜庆的事，但她的脸上却写满了哀伤。

我仰着头看着上面演员的动作，忽地笑了一声。

“怎么还不扔下来？”路子盛皱眉望着她。

我拉了拉他的袖子，示意他先闭嘴：“等等，在演剧情呢。”

新娘似乎是终于下定了决心，用尽力气往下面一扔——

哄闹的人群嬉笑着向空中落下的绣球伸出手，新娘的眼角滑下一滴泪来，闭上了眼睛。

我饶有兴致地望着她，这个演员还真的有点意思。

绣球应该是剧情设计好了的，直直地朝着我和路子盛的方向飞来。我猜接下来的剧情应该是丈夫拿到绣球之后表示不能娶小姐，自己已经有老婆了……

然后，我就看到路总闪身一个S形走位，像躲暗器似的躲开了绣球的一击。

我："你躲什么？"

我眼睁睁地看着绣球从眼前飞了过去，我恨他。

我们的任务又失败了。

他低下头望着我，嘴里说出的话却让我无法反驳。

"我不躲，球就砸你脸上了。"

对哦！因为没有准备替换的鞋子，他现在还抱着我不能撒手呢！随即赞许道："……躲得漂亮！"

周围的PD们望着掉在地下的球，一时齐齐沉默。估计在琢磨这剧情该怎么往下走吧。

"我觉得到时候播出的时候，除了童话夫妻，后期应该还会给我们增加一个新的头衔。"我对着路子盛诚恳道。

路总问道："什么头衔？"

"沙雕夫妇。（谐音：傻）"

……

然而在周围都蒙了的情况下，饰演新娘的演员依旧面不改色，挂着泪珠将这戏接了下去。

"我见球往公子那处去，敢问公子为何不接我的绣球？"

这是要把剧情强行往主线上扯了。于是，我用手戳了戳路子盛的胸口，提醒道："找你呢，路总。"

路子盛对着她微微一笑："我已有所爱，还请小姐另觅良人。"

我一听来了精神："路总这话说得相当有水平啊，平时古装剧没少看吧。"

路子盛嘴角翘了翘："上回那电视剧里，那个男主不就这么拒绝你的吗？"

我五指抓紧，狠狠地挠着自己的手心。

"不过我看小姐方才似乎眼角有泪，难道招亲之事并非所愿？"围观的NPC对出了之后的台词。

新娘叹了口气，向众人道："我父朱大人，是南诏国的大祭司，门第甚高，而我心悦之人却偏偏只是一介贫儒。我父不满，硬要我与他断了往来。我本不愿背信弃义，抛弃情郎，奈何父亲寻了个由头，就要问罪于我的情郎。我苦苦哀求，我父答应，若我肯立刻寻个门当户对之人嫁了，便……"

话未说完，她已泣不成声。

围观的NPC们纷纷敬业地配合着唏嘘不已，路子盛在旁边挑了挑眉："好老套的故事。"

我却望着中间那个哭泣的姑娘，若有所思："是挺恶俗的故事，但是她演得很好啊……"

你看，太阳这么大，天这么热，连监控仪器都没有。

既没有场记的打板，也没有导演喊“咔”，但她仍旧沉浸在舞台上，孤独地表演。

路子盛看着我的样子，低头问我：“你是想起什么了吗？”

我回神摇了摇头：“没有。”

这个片段拍完，PD喊了一次中场休息。路子盛打了个电话，让助理赶紧给我买一双鞋送来，顺带请大家喝咖啡。

我坐在椅子上，双脚悬空地荡着，等着新鞋，刚好这会儿另外两组也过来休息了。

苏凌跑到我旁边，惊讶地看着我：“卓尔姐，你的鞋呢？”

“被你们路总耍帅扔了。”

苏凌鼓了鼓腮帮子，一副想笑又不敢笑的样子。

“他人不在，在我面前你就别端着了吧。”

她终于大笑出声：“哈哈……我说，路总真的是大直男。”

我耸了耸肩，表示无可奈何。

眼神一飘，正好看到刚刚那个饰演新娘的演员抱着个本子，激动地跑去找陈宁签名。

陈宁愣了一下，然后迅速露出一个微笑，签好名之后还跟她合了个影。

“影后就是厉害啊，走哪儿都有粉丝。”苏凌显然也看到了，在一旁感慨道。

“那必须啊。”我对着陈宁，露出了向往的目光。

什么时候，我也能成为像她那样受人尊敬的女演员呢？

那个演员从陈宁那处回来，恰好经过我和苏凌，回过头来看了我们一眼，正好和我的眼睛对上。

她的眼中闪过一丝不屑，我一愣。然后，她冷冷地别开了眼睛，直接走回了楼下的阴凉处，一个人坐在门槛上。

苏凌似乎看出来了，干咳一声调侃我：“怎么办啊卓尔姐，这个小姐姐好像不太喜欢你？”

我正要说话，但这时候我的助理气喘吁吁地跑回来了。

他一边指挥着后面的工作人员把咖啡分给大家，一边把手提袋放到我面前，向我道歉道：“抱歉，卓尔姐，久等了，你的鞋。”

我打开一看，路子盛这回总算审美正常，买了双某品牌经典款小白鞋。

“码数也对。”我把鞋子穿上了脚，“表扬一下你们路总。”

苏凌在旁边嘿嘿地笑。

“这就是那个小姐姐不喜欢我的原因啊。”我忽然自嘲道，“明明是差不多的年纪，也都没有什么作品，她要在烈日下晒着太阳，但我却可以通过攀上路总这条高枝，心安理得地享受特权照顾。”

苏凌以为我不高兴了，脸上有些慌：“我就开个玩笑，卓尔姐你别多想了……”

我拍了拍她的肩膀，起身道：“没事儿别多想，我知道。”

刚才起身的时候，我朝那个演员那里看了一眼，发现她还坐在那里没动，也没过来和大家一起喝咖啡，于是我走到了咖啡车边。

“拿杯无糖的给我。”我向着助理伸出手。

“给，无糖的。”

忽然伸到面前的手似乎打断了那个女孩的发呆，她抬起头来看到我，明显愣了一下：“姜老师？”

我朝她笑了笑，故作嗔怪：“这会儿知道喊姜老师了，刚才瞪我的时候怎么不知道？”

她显然吓到了，恍若一只受惊的兔子，从门槛上一下子蹦了起来，嗫嚅着不敢看我：“你、你看到了？对不起姜老师，我不是那个……”

“行了，我犯不着跟你计较这个。”我不在意地摆摆手。

她似乎还是有些畏惧我。

“别傻了，拿着喝。”我把手里的咖啡往她手里一塞，“看着你都热。”

她愣愣地接了过去：“谢、谢谢。”

“听好了亲爱的，”我对她一笑，“你今天敢拿眼睛瞪我，将来就一定要做出配得上你这份胆量的事情。我看你刚才演得很认真，是电影学院的学生吗？”

她摇了摇头：“不是。”

“不是科班的也不要紧，”我用手指了指那边的摄影机，“那个东西永远不会看你的文凭，它只认你的实力。这话听着是不是超级帅？”

她不好意思地朝我一笑，点了点头。

然而，下一句，我的话锋急转直下：“是啊，我以前也这么想的，和你一样大的时候。”

她似有不解地望着我，又似乎是有些不服气。

“也许你很优秀，但这份优秀或许永远也不会被人发现。今天你在这里做着群演，但也许十年后，你还在做着和今天一样的工作。这个世界很现实的。”

这番话似乎是触及了她内心深处一些不愿提及的事情。其实她的情况我一看就明白了。

跟着剧组四处漂的群演，到处游走着碰运气，才能勉强捡一些龙套角色。

在这个圈子里，像她这样的女孩不在少数。

成名哪有那么容易啊，只要有梦想和实力就可以了，这简直就是天方夜谭。

她的眼中流露出一丝讽刺："所以，我要违背自己的初心吗？"

我不在意地一笑："如果我想要什么我就去舍弃一些东西，那成名还真是容易。"

她咬了咬嘴唇："当然不是。"

我发现我近两年是真的年纪大了，现在碰见这种怀抱梦想的小女孩都有心情陪她谈谈人生了。这要搁在几年前，她看不起我，我估计当场就能把脸甩上天，然后指着她的鼻子骂一句"傻瓜"。

"规则是人定的，你不会反过来利用它吗？"我居高临下地望着她，"没有找对方向，光努力有什么用？"

或许是我的气势足够唬人，扯起人生大道理都增加了不少说服力。

"那你说，我该怎么做？"她抬起头，满怀希冀地望着我。

"从现在起，给我把脑袋削尖了，去找一个不错的经纪公司也好，投资人也好，把自己推销出去！迈出第一步之后，像刚才一样，无论大小，认真对待你的每一个角色，并且把这个习惯保持一生。"我笑了笑，"希望未来有一天，我们能在舞台上相遇。"

"保持一生……"她喃喃道。

在这个阳光灿烂的下午，我本以为我只是为了给自己出一口气，所以才打着帮助的旗号点拨了一个陌生女孩，却没想到在若干年之后，成就了一个人。

多年之后，我在威尼斯的红毯上见到了一位因参演国际电影入围最佳女主角的华人女演员。

她已经近四十岁了，眉眼间比当年多了不少岁月的积淀，一身冰蓝的长裙就像海洋一般温柔深邃，将她衬托得越发端庄坚定，散发着岁月的悠远味道。

她向我伸出手，说她仍然记得我，她永远感激着我，是我的话给了她新生。

她说她将会像我一样，将认真对待角色的习惯，保持一生。

当然，这些都是后话。

而此时此刻我面临的问题是，休息时间结束了，我们的录制又要开始了。

新娘向我们建议道，如果我们能劫下囚车，将她的心上人救下来，那么丈夫们就不用对自己接下来的绣球负责，完成娶她的承诺了。

听到这里，路总沉吟了会儿，开口道："我和卓尔没有接这个绣球，是不是就不用参加劫囚车的活动了？"

另外两组的人顿了顿，然后转头过来，意味深长地看了我们一眼。

我凑近了些，靠到路子盛耳边："别想着耍小聪明了，没听过一句话嘛，有福独享，有难同当。"

路总似乎懒得指出我篡改名言。

接下来，三组散开，领到了三张不一样的地图。

“三张地图都是通向一个地方的吗？”苏凌问道。

“嗯，都是通往囚车的，最快到达的一组胜利。不过，只能走自己的路线，走别人的不算……”

话音未落，苏凌已经拽着肖成泽跑出去大老远了。

陈宁摇了摇头：“年轻人就是有冲劲。”

林少勋对着老婆一笑：“你又不老。”

我本来想跟着苏凌他们一起跑的，结果被路子盛长臂一伸拽了回来：“你又想犯规找罚是不是？”

看来路总对昨天的虫子宴怨念颇深，居然当着镜头的面拿眼睛狠狠瞪我。

我扁了扁嘴，装出一副委屈巴巴的样子：“可是……可是我们都路痴啊，反正都要输了……”

陈宁似乎被我做作的演技尴尬到了，挑了挑眉就拉着林少勋去找自己的路线了。

“我们先走了。”

路子盛一脸无奈地揉了揉自己的太阳穴：“输了还是我一个人受罚行了吧，你给我安分点。”

我立刻一秒变脸："好呀好呀，老公你最好了！"

果然，路总在没有 GPS（导航）的情况下，带着我在古城里乱兜圈子，最后还是跟拍的 PD 看不下去了，走到前面把我们领到了目的地。

其他两组果然已经到了，正等在囚车边上。

一见我们来，陈宁就问道："怎么这么慢？"

我赶紧低头向她道歉："抱歉抱歉，我们有点路痴。"

苏凌赶紧打圆场："欸，宁姐你还不知道啊？路总心疼老婆在公司都是出了名的，肯定是心疼卓尔姐跑了一天腿累呗！"

看到她把路子盛搬出来，我又一副乖巧老实的样子，陈宁也不好多说些什么，顺着台阶就下去了，转头向自己老公撒娇："看看人家路总再看看你！你怎么不心疼我！"

林少勋立刻连声应道："亲爱的别生气，我的错我的错。"

我和苏凌对视一眼，在对方眼中看到了窃笑。

林少勋还真如传闻一般，是个宠妻狂魔。

然后，这丫头坏笑着，反将了我一军："卓尔姐你也别笑人家林少勋了，你家路总不也是个宠妻狂魔吗？"

我一开始以为她只是给我个台阶下，结果她居然真的有板有眼地扯了起来，差点没给我笑出声。

“何以见得？”

路子盛这种自大傲娇的人要是个妻奴，那我就是炫夫狂魔了好吗?

我看着路子盛眼神一凛，似乎是想说什么，然而苏凌根本没给他说话的机会，一股脑儿地把底全掏出来了。

“去年你过生日的时候，路总把当晚的视频会议都推掉了，说是要回去陪你过生日。路总推掉工作，可真的是破天荒的事儿，这还对你不够好吗？整个公司都传遍了，那些姑娘嫉妒得眼睛都快红了呢！”

我面上连连点头，笑着说：“那是，那是。”

实际上，我转过脸去，对着路子盛露出一个“我懂”的笑容。

他的表情一下子冷了下来，移开视线，似乎不怎么想看我。

我很无辜。

毕竟在我看来，路子盛这回可真得感激我在众人面前替他保住了一个好男人的形象。

因为，如果我的记忆没出错的话，去年的生日那天，我是跟往年一样，同我的经纪人岳林一起庆祝的。

并且，那一晚我们吃完饭离开餐厅的时候，还在门口遇到了刚从车上下来，怀中还抱着一束花的路子盛。

当时，我们双双瞪大眼睛，谁都没想到会在这儿遇上，简直尴尬极了。

路子盛的视线在岳林身上扫了一遍，又流转到我身上。

他那好看的薄唇微微勾起，说出来的话刻薄尖锐：“我们夫妻俩还真是有默契，和外人约会的时候都能撞上。”

我记得我当时笑了笑，回敬了回去：“这说明我们都很体贴对方的情感生活，堪称模范夫妻。”

“那我还真是谢谢你的体贴！”

然后，他当着我和岳林的面又重新钻进驾驶座，发动车子扬长而去，喷了我们一身的汽车尾气。

我一脸蒙地看向岳林：“他……生气了？”

要不是知道他今天是来见他那个神秘的白月光的，我都要误以为他是在吃我的醋了。

岳林淡淡道：“可能路总是觉得尴尬吧。”

我深以为然。

那天晚上回家之后，我从门卫那里收到了 L 寄来的明信片，那是卡片来得最早的一次，往年的卡片都得等到生日第二天才能收到。

因为高兴，我就把路子盛的事儿忘到了脑后。

之后的几天，他一回家就直接去书房办公，根本不搭理我，大概是在白月光那儿受了伤吧……

三组成员在囚车边聚齐，拍摄继续。

导演将钥匙悬挂在赛道尽头的高墙上，前半段是障碍赛道，最后一段是攀岩道，由妻子和丈夫共同完成，先到达终点者获胜。

出于对女生的臂力考虑，节目组决定由妻子完成前半段赛道，最后的一段攀岩由三位男性完成。比赛过程中，比赛成员一旦脱离赛道落水，就要重新开始。

林少勋和肖成泽都是偶像出身，平时没事就往健身房跑，这种十米的攀岩墙对他们来说根本不算什么。

但是，我们日理万机的路总呢？

我转过头，狐疑地望着路子盛："你行吗？"

路总挑了挑眉："你只要不给我拖后腿就行了。"

回忆了一下他手部肌肉的手感，我觉得他应该还是练过一点的，起码不会输得太丢人。

"你应该感谢我扔了你的高跟鞋，不然现在你就惨了。"

"那你还真是不了解我。"我在赛道边做着热身运动，然后脱掉了自己的鞋子，"我会光脚跑。"

前面障碍道的独木桥明显容易打滑摔下去，光脚跑才是最稳的。

"预备——"导演高高举起手中的发令枪，"开始！"

话音未落，三个女生便齐齐冲了出去。

体育竞技真的是一种很容易激起人的好胜心的活动，平时站在镜头前一副岁月静好的女人们，此刻集体动如疯兔。

陈宁年纪稍长跑在了最后，见自己快要输了，直接伸手拽住已经上了独木桥的苏凌。

苏凌一声惊呼，身子就要往桥下坠，慌乱中想要拽住跑在前面的我。

我被她扯得一晃，失去了平衡。

“扑通！扑通！”

桥下响起两声清脆的落水声。

她俩摸了把脸从水里探出头来，望着悬挂在独木桥上的我哈哈大笑。

“卓尔啊，别拼了，下来吧，跟我们一起回起点重新开始！”

我也对着下面大喊：“哈哈！我就不！”

然后，我咬着牙，靠着手臂的力量，一步一步地往前挪。

一旁跟拍的 PD 们望着我，议论纷纷。

“我的天，姜卓尔太可怕了，这臂力都快赶上男人了吧？”

“换我的话，估计手都断掉了。”

路子盛站在前方的岸边对着我高声喊了一句：“老婆！加油啊！”

这家伙……以为他憋着笑我就听不出他在幸灾乐祸吗？

“欸——”岸边忽然传来惊叫声。

我这才发现，刚才掉下去回到起点的苏凌和陈宁已经重新跑到了独木桥边。

“卓尔姐，我要送你下水了哦？”苏凌坏笑着上了桥，正蹒跚地往我挪动的方向靠拢。

我回头笑着威胁她：“你要敢踢我下水，我就把你也拖下去，到时候咱俩两败俱伤，便宜了宁姐。”

结果苏凌嘿嘿一笑：“没关系，我拉了个垫背，不亏。”

“你还有心情聊天？快点！”岸边的路子盛朝我喊道。

我一惊，赶紧回神，加快往岸边挪动的速度。

苏凌一边逼近我，一边嘴里还在碎碎念：“卓尔姐啊，别挣扎了，你靠手走哪有我用脚走得快呢？”

另外一边，陈宁也已经上了独木桥，在往我们这边靠拢。

苏凌转头对着她笑道：“宁姐我们暂时结个盟呗，等我把卓尔姐先弄下去再说……啊——”

又是“扑通”一声，苏凌无辜地从水里冒出了头，一脸疑惑地向众人问道：“谁推的我？”

我单手挂在独木桥上哈哈大笑：“叫你使坏结盟！自己掉下去了吧？”

陈宁在独木桥那头笑得腰都快直不起来了，刚才我和苏凌的“争斗”，她几乎是近距离围观了全程。

苏凌想用脚把我的手踩脱，让我松开独木桥掉下去。结果她过于得意忘形，在和陈宁聊天的时候，被我腾出一只手直接从桥上推了下去。

有了苏凌的前车之鉴，陈宁再靠近的时候就小心了很多，这会儿我们离岸边也已经很近了。

我瞥了眼还剩一臂之遥的岸边，转头看向陈宁：“宁姐，商量个事儿呗？”

陈宁笑看着我：“你也想和我结盟？”

我摇了摇头：“你看我都这么辛苦地移过来了，你就让我上去呗？反正子盛拼体能肯定比不过你家林少勋，最后还是宁姐你赢，是吧？”

岸边，路子盛和林少勋的对话飘进了我们的耳朵里。

林少勋：“路总，你老婆又开始忽悠人了。”

路子盛一笑：“我老婆聪明啊。”

陈宁听到了他们的对话，操着一口港普对我笑：“我不信你啊。”

我故作无奈地叹了口气，已经吊了快十分钟了，我感觉自己的手都已经不是自己的了。

两个男人现在都在岸边看我们对峙，我暗中别过头去，向路子盛使了个眼色，让他拖住林少勋，好方便我上去。

结果林少勋眼尖，一眼就看懂了我们的眼神交流：“耍诈？”

陈宁一听急了，直接蹲下来掰我的手指。

我暗道不好，心里想着完了，这下功亏一篑，真要掉下去了。

忽然，一双手臂稳稳地拉住了我，同时岸边传来一阵阵惊呼。蹲在桥上的陈宁也捂住嘴，一副意料之外的惊讶表情。

温热的气息扑在我抬起的脸颊上，一个带笑的声音飘入了耳朵：“我还真不知道，你对我的体力这么没信心，嗯？”

路总那带着撩人的尾音我还是第一次听到，一时极不适应，老脸有些发热：“好好说话。”

他压低了嗓子：“看来，下回得让你好好看一下，我的体力。”

我回头一看，惊叫：“喂！别耍帅了！他们上来了！”

林少勋伸手拽了一把桥上的陈宁，把她拉了上来。陈宁脚一落地，就意味着前半段赛程结束，攀岩赛开始。

路子盛使劲把我一拉：“放心，输不了。”

那边苏凌也已经爬了上来，三个男人几乎是同时戴好护具，跃上攀岩壁。

比起两个偶像明星，路子盛的臂力也不差。虽然他刚才一把把我从悬空的状态捞起来的时候，我就已经知道他的臂力强大，但亲眼看到他发力时那手上绷紧的肌肉线条，还是忍不住咂舌。

这男人……真是太恐怖了。

苏凌一边在下面连蹦带跳地给肖成泽加油，一边点评着另外两人。

“林大偶像不愧是迷倒万千少女的男星，这身材真不是盖的，至于路总……”她顿了顿，转头看向我，“你俩啥时候离婚请通知我一声，我可以考虑！”

陈宁哈哈大笑，对着上面喊：“喂——小肖——你老婆刚刚说要改嫁路总！”

头顶上飘来肖成泽带着喘息的笑声：“老婆你等着——我赢了路总给你看！”

苏凌笑得一脸甜蜜：“加油！”

肖成泽说完之后，攀爬的速度明显加快了许多，快要触顶。他伸出手，眼看就要够到挂在最上面的那把囚车钥匙。

此时，路子盛和林少勋与他还差着明显一个身位的距离。

苏凌已经抑制不住自己兴奋地呐喊：“啊——赢了赢了！”

我紧了紧拳头，心底盘算着待会儿等肖成泽下来，我就直接上手去抢他的钥匙，反正规则里面并没有说明禁止抢夺这一项，只说了哪一组第一个将钥匙拿回终点，哪一组就获胜。

我正低头思忖着，忽然——

“啊！”

现场发出了一声刺耳的尖叫。

我转头去看，待看清之后，整颗心都悬了起来。

刚才不知发生了什么，路子盛居然整个人倒吊在空中，手也脱离了崖壁。

我急得汗都下来了，一把拽住惊叫的苏凌，连声发问：“刚才发生什么了？是护具松了吗！他怎么悬空在那儿了？”

苏凌也是一副惊魂未定的样子，出口的话有些哆嗦“没、没有，卓尔姐不是，你别急……”

陈宁见她解释不清，便在旁边开口道：“没事，你放心。只是刚才肖成泽拿钥匙的时候，路总忽然松开攀岩壁跳了起来，跃过肖成泽抢到了钥匙，结果现在脱手悬空了。”

我松了口气。

“子盛，你往下一点！试着把自己贴回去！”我对着上方喊道。

路子盛似乎没有受到多大影响，还颇有心情冲我挑眉笑了一下，做出了一个“放心”的口型。

我无奈叹息，这男人还真是自信心爆棚。

只见路子盛借着手臂的力量把身子朝前一送，脚已经稳稳地踩回了攀岩壁上，然后借助绳子飞快地往下降。

“呼——”

我长出了一口气，放下心来，还好只是虚惊一场。

眼看他们三人都已经到了地面，苏凌率先冲向了路子盛，一把拽住他的手臂，对着肖成泽大喊：“我抓住他了！快来抢！”

路子盛不好跟女生纠缠，我赶紧跑过去拉住苏凌：“苏苏啊，这不对吧？”

苏凌见强拉不成，就转而从背后死死地抱着路子盛的腰。

路子盛看上去很是头大，苏凌是个女生，他又不方便去推，只好高举着双手，一副无辜又无奈的样子。

“路总对不住了，让我赢一回吧。”苏凌道。

我伸手去拉苏凌环在路子盛腰上的手：“苏苏松手啊！不然我吃醋了！”

苏凌却死扒着不放，还扭头委屈巴巴地看着我：“不行啊，事后你怎么捶我都行，现在我要赢！”

她老公也过来了，不过也是一副看热闹不嫌事大的样子：“路总，你这么绅士不行啊，我老婆能跟你在这儿耗一下午。”

苏凌闻声狠狠地瞪了肖成泽一眼：“你有工夫聊天还不赶紧抢钥匙走人！”

肖成泽笑嘻嘻地伸手去拿路子盛举在头顶上的钥匙：“不好意思了啊……”

我顾不得许多，直接跳了起来，伸手去夺，路子盛趁机手一松，钥匙便落入了我的掌心。

东西一到手，我便头也不回地朝终点飞奔而去。

背后是苏凌失望的叫声：“我的天——你们夫妻俩也太有默契了吧！”

劫囚车游戏，我和路子盛，获胜。

“我终于知道你和路总为什么会结婚了。”苏凌抱着一盒冰激凌边吃边说。

我知道她在吐槽游戏的事，笑着开了句玩笑：“狼狈为奸？”

她点了点头：“都是比狼人多一点的狼人。”

刚才的游戏，输得最惨的是陈宁和林少勋这一组。

据说，他们的惩罚是在洋人街摆摊卖小饰品。

“比我们昨天强多了，”我摇了摇头，“你是不知道昨天那一大盘虫子吃下去，你们路总吐成了什么样子。”

苏凌耸了耸肩：“没好到哪儿去，他们的任务是赚够晚上住酒店的钱，不够的话，就只能自己搭帐篷睡了。”

“那我们是可以直接住酒店了吗？”

苏凌沉重地摇了摇头：“我觉得……可能不行。”

“出于节目的精彩度考虑，我们将在第一名和第二名这两组中进行抽签，抽到空签的一组，也要接受今晚在野外扎帐篷的挑战。”

导演对着我们，笑眯眯地说。

此时，陈宁那一组的小饰品已经卖完了，靠着林大偶像现场卖艺卖唱，吸引了不少女粉丝过来买东西，不一会儿摊子就空了。

第三名，惩罚逃脱。

陈宁兴奋地和林少勋击掌，宛如一个青春少女。

林少勋偏过头宠溺地看着她："嗯，我们不用受罚了。"

我和路子盛对看一眼，这游戏真够坑的。

苏凌已经嚷嚷开了："所以，我们刚刚即便赢了，还是有百分之五十的概率接受惩罚呗？"

导演颔首："嗯，为了节目精彩度。"

我和苏凌一人一只手，作为家庭代表，伸向签筒。

"嗯……希望，不要一直这么倒霉。"我默默道。

"是这样的，因为第一名有免罚的获胜奖励，所以我们决定，即便抽签失败，也允许一个人今晚住在酒店里。"导演站在机器前，笑眯眯地看着我们，"所以，两位谁去谁留？"

我忍不住扶额叹息。

经过一轮"紧张又刺激"的抽签，我们如愿败北，悲惨地再一次成了今天的受罚组。

我眼睁睁地看着苏凌、肖成泽他们憋着笑把行李提进酒店，望着面前的五星级酒店唉声叹气。

其实来参加这个综艺之前，岳林就跟我打过预防针，说《蜜月之约》的导演是水果台出了名的“明星杀手”，他做的综艺节目虽然一向收视率极高，但是呢……

“……也是出了名的难合作，基本上和他合作过的明星，没有去第二次的。”岳林推了推鼻梁上的眼镜，望着我，“所以，卓尔你真的要去吗？”

我记得我当时坐在他办公室的沙发上，漫不经心地玩着手机：“没事，他们上不了我上，没准儿还能混成这位导演的综艺常客呢。”说完，我还对着岳林笑了一下。

现在回想起来……果然还是太天真了。

路子盛挑了挑眉：“导演，你这是在挑拨我们的夫妻关系吧？”

导演一副“看戏不嫌事大”的样子：“哦，那要不你们相互讨论一下待会儿坑谁？”

眼看没招儿了，我得赶紧先发制人。

“你有本事在全国观众的面前说你去住酒店，让我支帐篷吗？”我压低声音，对着路子盛道。

谁知，路子盛点了点头：“我有啊。”

他一把抓住我的手，对着那边的导演喊道：“开机吧，我们商量好了。”

我一脸惊恐地瞪着他，这家伙不会真的把我一个人扔在这里喂蚊子吧?

PD 们把摄影机前面的盖子打开，红灯亮起，录制开始。

路子盛握着我的手，对着摄影机笑得无比甜蜜：“其实刚才开始抽签之前，卓尔就跟我说，假如失败了，她就一个人接受惩罚。”

我把自己的手指甲偷偷地往他的肉里戳，暗暗发力：“那……你真的打算这么做吗？亲、爱、的？”我一边说，还一边加大手心的力道。

在正常情况下，我这种做了水晶甲的指甲挠人应该很痛。然而我还是低估了我们路总的定力，他面上淡定得连一根睫毛都没颤一下，仍旧是维持着那张标准的深情脸：“但我想告诉她的是，不会的，我在任何时候都会陪着她……”

说着，他转头看向我，眸光深邃如海。我也忍着被坑的不适，配合地与他对视一笑。

他勾了勾嘴角，望着我：“因为，我爱她。”

“行啊，路总，三言两语拖我下水，我连反抗的余地都没有。”我半个身子进了睡袋，略带嘲讽地望着他。

他微微一笑，似乎完全不把我的敌视放在眼里：“看星星不好吗亲爱的，你不是想在我的肩膀上靠一辈子吗？”

一听他复述这话，我浑身的鸡皮疙瘩都快要起来了：“求求你别说了，再说我真该恶心吐了。”

节目组也真够说一不二的，说让支帐篷住野外就真的让我们今晚在野外过了。

昨天是火车硬座，今天是帐篷，我也真不知道自己是得罪了哪路神仙，这么倒霉。

一顶简易帐篷和两个睡袋，要求夫妻两个人合作将它搭好。路子盛应该有出去野营的经验吧，帐篷搭得挺熟练的。

我在这方面完全一窍不通，只好坐在旁边看着他一个人忙活，然后时不时地对着镜头，喊着：“老公加油——”

看着我们忙活完，导演说道：“最后我们录一段夫妻两人坐在一起看星星的片段，今天的剪辑素材基本就够了。”

于是，我和路子盛并排坐在一起，抬头放空，假装深情地仰望星空。然后，我把头靠在他的肩上，说出了那句肉麻到不行的话。

“子盛，我想靠在你的肩膀上看一辈子的星星，好吗？”

语毕，我自己的身体止不住先抖了三抖。

耳畔平稳的呼吸声一顿，似乎是没料到我会忽然开口。

我在心里偷笑，路总肯定被我“激”出了一身鸡皮疙瘩，这会儿正在调整呼吸接戏呢。

“好啊。”他淡淡道。

我一愣，忍不住偏头看了他一眼，却发现他正仰头望着星空，神情无比专注，完全没有察觉到我的举动。

月光照在他的脸上，敛去了白日里的骄傲锋芒，就好像撕碎了外在的那层保护壳，终于露出了内里的柔软。

在摄影机的画面里，就好像是我在深情地注视着他，真实地珍视着这份情感。

“咔！”导演满意地喊了停，合上了摄影机的盖子，“这一段拍得特别美，要到监控器这边来看看吗？”

路子盛起身走了过去：“我看看。”

刚才我看他的画面不用想，肯定被摄影机记录进去了，这家伙要是以为我暗恋他怎么办？

果然，没过几分钟，监视器后面就射来一道戏谑的眼神，望着我，好像在说“姜卓尔你偷看我，是想做什么呢”？

我干咳一声，移开了视线。

录影完成，工作人员一撤，帐篷从外面拉上，刚才还如胶似漆的我们立刻两两分开，原地开“撕”。

“刚才还那么依赖我，真的要这么绝情吗，卓尔？”他面上挂着有些轻浮的笑，伸手摸向我的脸。

我偏了偏头，提醒他：“路总，该出戏了。”

他脸上的笑容渐渐散去，扯了扯嘴角，坐回自己那边。

“有什么好生气的，反正你有床也要睡睡袋，奇……”说到一半，他忽然顿住了。

我冷冷地望着他：“说啊，怎么不说了？奇什么？奇葩吗？”

他似乎有些懊恼：“抱歉，我说快了，卓……”

一根手指横在他的唇边，我微笑着截断了他没说完的道歉。

“路总没必要给我道歉，毕竟，我们确实不怎么熟。你不懂我，也是应该的。”

他的眼中闪过一瞬的刺痛，但是很快就消失了。

我想，我大概是精神状态不好看错了吧。

“抱歉，我困了。先睡了，晚安。”

说完，我背过身子去，给自己塞上耳机，躲进睡袋里，合上了睡袋的拉链。

视野内一片黑暗，宁静得只有我自己的呼吸。

外面传来一阵“窸窸窣窣”的响动，大概路子盛见我不理他，也躺下来睡觉了。

耳畔安静了下来，再无别的声音，一如我的心平静而安宁。

路子盛这样含着金汤匙出身的富二代，永远都不会明白我的人生。他永远无法理解也想象不到，我作为这个圈子里的无名小卒的那几年，是怎么过来的。

二十一岁的我，就像今天上午录节目的时候，在大理古城内见到的那个群演女孩儿一样。

我们没有背景，没有资历，只有心中那个遥不可及的梦。

刚毕业的时候，我甚至租不起有窗户的房子，只能租了一间车库改造的地下室。

冬天的时候，屋子里面既没有热水器，也没有暖气。

周遭的环境也很乱，我住的那个车库是靠街的，旁边就是夜市，到了晚上什么人都有。

有时半夜我睡得迷迷糊糊的时候，总能听到门口有喝得醉醺醺的男人用拳头砸我的门，嘴里骂骂咧咧说一些下流的话。

我那会儿年轻，心态也远不如现在这般强大，经常吓得连觉都不敢睡。

脆弱的卷帘门薄得就像纸一样，“哗啦啦”地响动着，仿佛下一秒就会被门外的人戳出一个窟窿来。

那时，我只能把自己装进密不透风的睡袋里，塞上耳机，把声音开到最大，什么也看不见，什么也听不见，

这就是唯一能让我安心的办法。

自那之后，我再也无法在床上入眠，每晚都睡在睡袋里。

直到我签到路子盛的 S&T 娱乐，我一直是那么熬过来的。那

段时间的经历，给我留下了很深的心理阴影。我挂过无数次门诊，但是没有一个心理医生能够成功开导我。

医生只能治病，不能释怀你的执念。

在梦里，我好像又回到了那个阴暗的车库，又变回了那个软弱无助的二十岁女孩，蜷缩在冰冷的睡袋中，低低地啜泣着。

“为什么……为什么没有人……谁来救救我？”

四周的空气似乎凝固了，带着令人窒息的潮湿，我被困在梦魇的最深处，无法脱身。

这时，一束光忽然照了进来，我疑惑地望向阳光探进的方向，迟疑地伸出手：“你是谁？”

背后忽然一暖，似乎有人出现在了我的身后，紧紧地抱住了我。

虚无的感觉忽然从躯体深处被剥离，我感受着那个从未有过的怀抱，内心涌现出一股奇异而陌生的温暖。

“我来了。”

“我会保护你。”

“你永远……都不会回到当初那样。”

似乎有人贴在我的耳边说着话，一句又一句，温柔而坚定地许下承诺。

我沉沉地睡了过去。

帐篷外似乎有什么响动，我似乎“闻”到了摄影机镜头向我逼近的“味道”。

我猛地睁开眼。

阳光顺着拉口处的缝隙探了进来，天已经大亮。我伸出手，迷迷糊糊地想去摸自己的手机。

左碰碰，右碰碰，忽然，碰到了一个带着拉链的东西。

我疑惑地捏了捏。

“嘶！”旁边传来一声轻微的抽气声。

忽然，我满脸赤红地想要抽回手，然而，晚了。

“啪！”胳膊被人猛地扣住，用力向前一带，我的面前已经出现了一张放大的脸。

路子盛半眯着眼，脸色不善地问道：“姜卓尔，你摸哪儿呢？”

我尴尬地笑了笑：“抱歉，路总，手误，手误。”

但他似乎并不打算轻易放过我，翻身一跃，我就被他压在了下面。

我局促地望着身上的人。

“喂，你干吗？”我拿眼睛瞪他。

他勾了勾嘴角，居高临下地望着我：“乱动手脚都不需要负责的？姜小姐？”

“那你现在压我身上，不是骚扰回来了吗？”

外面的脚步声越来越近，我用脚趾头猜都能猜到是拍摄组的PD们回来了。

“我们待会儿来看看，卓尔姐和路总醒了没有？”外面隐隐传来一个熟悉的女声。

天啊！还有苏凌！

“他们带着摄影机！路子盛，你快给我下来！你是想我们这副样子在全国观众面前直播吗？”我真的急了，低声喝道。

我相信以这位PD的品性，为了搏收视率，他绝对不会把拍到的精彩画面剪掉一帧！

可是路子盛仍旧一副好整以暇的样子，他继续维持着这个羞耻的姿势：“你求我啊。”

“路子盛，你幼不幼稚！”

他不为所动。

“我保证，我发誓，接下来的行程绝对不再作妖！”

他轻笑一声：“还有呢？”

“我什么都……听你的。”

“嗯，挺有诚意，”他点了点头，“还有呢？”

“还有？”我震惊了。

他笑了一声，翻身下来：“算了，你真不禁逗。”

我对着帐篷顶翻了个白眼。呵呵，乘人之危你还有理了？

旁边的路子盛伸出手，把我抱在了怀里，与我额头相碰。

“闭眼。”他低声道。

帐篷从外面被人一把掀开，苏凌大喊了一声：“Surprise！（惊喜！）”

我们双目紧闭，呼吸交织。

PD 们拍到的就是这样一幅画面：清晨的露水还未消退，在群山旷野之中，蓝天白云之下，一对爱人亲密无间地抱在一起，相拥而眠。

真是人间童话。

苏凌望着我假作惺忪的睡眼，一脸憧憬地感慨：“哇——好浪漫——你们两个真的好恩爱。”

我故作羞怯地将头埋在路子盛的怀中，仿佛是对苏凌的话感到不好意思。

路子盛低下头，神态自然地在我发顶落下一吻：“早安，老婆。”

周围又是一阵闪光灯的疯狂闪动。

我抬头，与他对视，对方眼中的内容，我们一看便懂。

——戏精。

——作妖。

– Part 4 –

人前显贵，人后受罪

“这是民国时期很出名的一条老街，今天我们的任务就将在这个地方开始。”

早上八点，各组成员就位，在古城的洋人街上开始今天的录制。

陈宁站在我旁边，看了看我，笑道：“气色不错，还以为你们昨晚会休息不好。”

我对她笑着摇了摇头：“可别了，今天我可得努力点，让我好好睡一个安生觉吧。”

洋人街上有一座民国时期建的老教堂，在那个年代，有不少思想开放，崇尚西学的年轻人在这里举行婚礼，约定彼此的一生。

“除了路总，我们几位嘉宾都是艺人出身，卓尔和陈宁还是专业的演员，”导演一边说着，机位已经切到我和陈宁，我们俩对着镜头一笑，“其余三位是优秀的偶像，有着丰富的舞台经验。”

苏凌和肖成泽两手相握，高高举起。

“现在你们面前有一个签筒，筒里放了四根……”

“又抽签啊？”

我和苏凌都是一副往事不堪回首的样子。想起昨天那个抽签，我就一阵心累。

导演对我们的反应似乎十分满意，继续道：“里面一共四根签，代表着四个表演主题，由夫妻两人共同完成……”

签筒里四个主题，分别是浪漫的蝴蝶泉恋爱大戏，洋人街咖啡馆约会大戏，五华楼大婚戏，以及，唯一的，和离分手大戏。

在场的人在听到和离分手大戏的时候，面色都微妙地变了变。

俗话说得好，劝和不劝分，你这放一个和离分手戏码在里面，是在诅咒抽到的夫妻早点劳燕分飞吗？

陈宁死死地握着林少勋的手，外界最不看好的一对就是他们了，万一真抽到了这个，肯定又会有一帮黑粉出来作妖了。

“就算是出于收视率考虑，但是这个抽签……也太恶毒了吧？”陈宁的面色明显阴沉了下来，大有罢录的迹象。

导演却丝毫不为所动。

像他这种做综艺做到收视率回回破十的导演，早就不是他去讨好大牌艺人了，反过来，艺人为了维持自己的曝光率，还得回过头来讨好他。

他淡淡地道："宁姐也不一定会抽到那根签啊，再说为了您的新电影，这点牺牲还是值得的？"

陈宁伸手扶着自己的额头，似乎在平息情绪。

是的，像她这种一线女星，放下身段来上这种综艺节目还能为了什么呢？

一来，是为了向那些抹黑她和林少勋感情的人证明，他们之间就是无关利益的两情相悦，那些阴谋论之类的说法趁早消失吧！

二来，也是为了让自己的新电影获得更好的成绩。毕竟，这个圈子更新速度太快，新人辈出，谁又敢在原地停滞不前，等着被淘汰呢？

我理解她。

"没事的。"忽然，一只手覆在了她的背上，我看着陈宁疲惫地抬起头，望着对她微笑的林少勋。

"少勋对不起，都是因为跟我在一起，你才……"

林少勋笑着摇了摇头，止住了她要往下说的话："别人说我是花瓶也好，小白脸也好，我都不在乎，他们怎么说，我真的不介意，阿宁。”

陈宁抿了抿唇：“可是……”

“傻丫头，”他伸出手，抚上了陈宁的头发，“我喜不喜欢你，难道还需要从别人嘴里去证明吗？”

我望着他们，嘴角扬了扬。

年近四十的影后，红毯上永远气场全开大杀四方的女王，原来到了自己所爱的人面前，也不过是一个脆弱爱撒娇的女孩。

想到这里，我戳了戳路子盛的腰。

他微微俯下身，把耳朵靠向我：“怎么了？”

“帮帮我，我想卖陈影后一个人情。”我低声道。

路子盛皱了皱眉，似乎有些不悦。

我知道他已经明白我的意思了，对着他一笑：“可以吗？”

他移开了视线，淡淡道：“既然你已经想好了，我没什么意见。”

“多谢。”我低声道。

然后，我当着所有拍摄人员的面，从队列中走了出来，在导演面前站定。

导演看着我：“姜老师也有什么问题吗？”

“分手戏是哪个，直接给我吧。”我用手指了指那边的路子盛，“我和子盛一致决定发扬风格，把这个定时炸弹直接抽走，反正我俩感情好，不会因为这个出现什么矛盾的。”

录制的机器一直开着没关，我的举动也全部收进了监视仪里。

导演其实根本不在意游戏结果，他想要的只是节目里戏剧性的冲突和转折，这样才会有收视率和话题。

现在我主动让剧情峰回路转，导演自然乐意看到。

他托着下巴稍微琢磨了一阵，就点头拍了板：“成！既然姜老师和路总舍己为人，我也不好拦着。”

说着，他手伸向签筒，打算把那根签交给我。

陈宁快步朝这边走了过来，似乎觉得很不好意思：“卓尔啊，你别一时意气用事啊，网上现在对你和路总的评价其实也……”

我笑着接过了导演手中的签：“没事，我这两年天天被黑，早习惯了。”

打开一看，嗯，五华楼婚礼现场和离分手大戏。

新人在婚礼上反目和离，很有想法的剧本。

看着我就要选定这根签子收入口袋，陈宁急道：“卓尔！”

“宁姐，我是真心希望你们感情一直这么好下去，你看少勋他那么爱你，我看着都感动。”我伸手拥抱了陈宁一下，把嘴唇贴到她耳边，“不用放在心上，以后记得还利息就行，宁姐。”

我松开她，她的神情中带着一丝惊讶，似乎是在思考我那一段话究竟哪句才是真心。

“祝你们百年好合。”我拍了拍陈宁的背，走回到路子盛身边。

其实那一整段都是我的真心话，我帮她确实是因为感动，但是卖人情希望她以后还也是真的。

见我回来，路子盛挑了挑眉，道：“又做起了你的老本行，偷偷跟人家陈宁做交易了？”

我白了他一眼：“你一个商人，还好意思吐槽我？”

路子盛一哂：“也是，难怪有人说咱们是狼狈为奸。”

“滚。”

不得不说，这个综艺节目的场景和“服化道”还是很用心的。毕竟 S&T 娱乐作为出资大头，往里面砸了不少钱。

大婚的红衣披在了我的身上，十几个工作人员围着我，帮我化妆、整理发冠，我被摆弄得有些哭笑不得：“不就是一个游戏，至于这么认真吗？”

我其实真的不太喜欢拍古装戏，倒不是因为别的原因，主要是妆粉太厚了。

拍一场戏，可能天不亮就要起来做造型，没有戏的时候也要顶着一脸浓妆等待，夏天的时候尤其难熬。

这两年倒是还好，下了戏可以混一把椅子坐，旁边有助理端着风扇、冷饮帮你降温。

前几年就真的很惨了，

群演和配角的妆都是流水线上快捷的产品，妆粉之类的东西都是混着用，给你用的粉扑不知道拍过多少人的脸了。

就算皮肤再耐受的人也是每天在过敏的边缘挣扎，卸了妆之后，脸上是永远也消不掉的痘痘和小红点，又痛又痒，也不敢伸手去碰。

混着保湿精华的粉底液轻轻地在我的面上拍匀，妆面整个完成之后，化妆助理又用补水喷雾在最后的定妆粉上面加了一层保湿。

“卓尔姐，好了。”

我睁开眼睛，望着镜子中的女人。

妆容清透，唇红齿白，一对风流柔美的秋娘眉，笑时眉尾的弧线微微上挑，三分妩媚，七分清纯，眼波流转间，皆是端庄动人的风致。

“姜老师，我今天给你画的这个眉形灵感来自唐代金陵名妓杜秋娘。一挑秋娘眉，顾盼生姿，倾国倾城。”

我对着镜中那个美丽的女人一笑，低头翻了翻导演给的剧本：“倾国倾城还在婚礼上被人抛弃啊，那也太惨了一点吧？”

助理的手微微一顿，尴尬一笑：“那男的眼瞎。”

我主动把那个“男的”代入到了路子盛身上，深有同感地点了点头：“嗯，那是真的瞎。”

我们亲爱的路总，堪称当代柳下惠。

我最佩服他的一点就是无论我们演多少回戏，他一向都是嘴上占占便宜，从来不付诸实际行动。这年头，像他这种一直守着白月光在心底不犯错的男人真的不多了。

化妆棚的门布被人从外面掀开了。

红袍金冠的男人长身玉立，倚在门旁看着我们这边，嘴角勾了勾：“不错嘛，还挺漂亮的。”

我通过镜子看向站在门边的路子盛，笑了笑：“路总的古装扮相也不错。”

化妆助理极有眼色地放下了手里的化妆工具：“那你们先聊，我出去问问导演，看看是不是可以开始了。”

路子盛点了点头：“嗯，好了叫我们。”

化妆棚里一下子只剩下我们两个人。

他缓步走到我的身后，从道具台上拿起一支簪子在我头上比了比，问道：“要不要把这个也戴上？我觉得配你不错。”

“路总，我以前看电视剧里面，古代有些丈夫会为妻子弄妆画眉，你也想效仿一下吗？”我望着镜子，打趣他。

“那你想让我效仿吗？”他垂眸看着我。

“不想，这簪子太丑了。”

他嘴角翘起一个弧度，淡淡地将手中的簪子放回道具台上。

“说起来，两年前我们一起演戏说假结婚，到头来居然连婚礼都没办。”

“那不是很好吗？”我笑了笑，回过头看着他，“我觉得婚礼宣誓这种事还是挺重要的。我能对着镜头撒谎说我爱你，但是当着上帝的面，我还真说不出口。”

他一笑：“我也是。”

“现在一起去体验一下离婚的感觉吧，”我站起身来，用手扶着自己长长的裙摆往外走，走到门边，又回过头来看了他一眼，“也算是为将来提前彩排了。”

我起身走了出去，没有回头。

所以我并不知道，在我转身的一刹那，路子盛脸上的表情有多么无奈与不甘。

剧本的内容一如既往的简单狗血。

男子背叛女子，女子刚烈，在大婚当日当着所有宾客的面当场挥剑断发，以示断绝。

我望着路子盛，眸中一半是泪，一半是血，像是爱极了他，又像是恨极了他。

他的呼吸有一瞬的停顿，似乎没有预料到我会露出这样的眼神。

但即便是痛到极致，我也没有流下半滴眼泪。

我对着他一笑，恍惚间好像回到了第一次见他的时候，我随侍女牵引着，掀开重重帘幕，见到屏风后的他。

他抬起头瞥见我，只是一眼，就已然深深铭刻在了心中。

“唰——”

我猛地抽出他系于腰间的佩剑，他的眼中流露出惊恐，伸手似乎是想阻止我：“你……”

我举着剑，往后倒退三步，冲着他微笑着摇头。

“你以为，我会为了你去死吗？不，我不会。”

他顿住了。

我用剑指着他，握剑的手有些微微发颤，仿佛下一秒就要拿不住它。

“听着，我要你记住今日。无论将来你与她多么恩爱缱绻，我都要你记住今日我的所作所为，让它成为永远横亘在你们两人心中的一道刺。”

扬起手中的剑，我伸手抽掉头上的发簪。

三千青丝凭风而舞，宛若一曲悲歌。

对面的人好似猜到了我要做什么，瞳孔剧烈地收缩了一下，我一笑，抬剑挥向面前飞扬的发丝——

“不要！”他终于喊出了声。

无数飘飞的乌絮在眼前簌簌而下。

我定定地望着他，“当啷”一声，长剑脱手，落在两人中间。

“你我之情，断发为誓，再无任何瓜葛！”

我们就这么两两相望着，他不敢进，我亦舍不得退。

录制现场一片死寂，隐隐还有女生抹眼泪时低低的抽泣声。

不知道是不是我的错觉，路子盛好像有点入戏太深了。

那几乎要溢出眉眼的心疼，一瞬间竟然让我以为他是深爱我的。

我更想不到的是，看到他这样，我居然心头一堵。

这样的想法很危险。

于是，我赶紧抽离出来，抬手伸了个懒腰：“行了吧，我憋眼泪憋得眼球都痛了。”

现场传来一阵哄笑，像是忽然从巨大的悲伤中抽离出来。

“我的天，卓尔姐你演得也太好了吧？”

“是啊，我真的快哭死了，以为你们俩真的要分开了。”

“哈哈，假的啦，怎么可能？”我擦了擦眼角刚刚流出来的眼泪，语气轻松。

“不过，”一位女 PD 指了指我身后，“卓尔姐你要不要去看看路总啊，他好像被你带得太入戏了。”

我回头一看，路子盛不知什么时候已经坐回了休息椅上，低着头不知道在想些什么，远远看过去就是一个大写的“丧”字。

也是，非专业演员被代入到这种情绪起伏极大的戏里，确实容易抽离不出来。

我小跑着奔到路子盛身边，弯腰蹲到了他面前，探头往他眼前晃。

“怎么了，路总，自闭啦？”

他抬眸看向我，眼中情绪翻涌着，似乎是在忍耐着什么。

我笑着伸出手，拍了拍他的背，安慰他：“假的啦，假的啦，不是说好在你签下死后财产转移证明书之前我都不会走的吗？一定会死乞白赖地赖着你，所以你……”

一股大力打断了我未说完的话，他把我拉入怀中，紧紧地抱住，好像是在抱着什么失而复得的珍宝。

周围传来一阵哄笑。

苏凌和肖成泽看着他们平时高高在上的老板现在抱着我，一副撒娇小孩的样子，更是乐不可支。

眼见着看热闹的人越来越多，路子盛还不松手，我觉得面上有些尴尬，只好压低声音靠在他耳边轻声道：“还没缓过来吗？”

他问道：“你会离开我吗？”

苏凌耳力好，听到了路子盛的问话，煽动众人对着我起哄：“卓尔姐，表忠心的时候到了！路总问你呢，会不会离开他？”

众目睽睽之下，我为了不崩人设，只好拍着他的背，勉强笑着说："放心啦，我们肯定会白头到老的，大家都看着呢，听话，赶紧放开我……"

怀中的人忽然抽动了一下，耳边传来一声极低的嗤笑。

我眉头一皱，低下头。

路子盛的肩膀轻轻耸动着，嘴唇紧闭，面部肌肉微微有些抽动，似乎是在强忍着即将爆发的笑声。

我翻了个白眼，一把推开他："幼稚！"

他终于笑出了声，捂着自己的额头，一副乐不可支的模样。

"不过，姜卓尔啊……"他边笑边说，"你演得真的挺好的，比我想象中要强得多。"

我皮笑肉不笑地看着他："请问一下，在路总的想象中，我的演技是哪个段位？"

他不假思索道："行走的幻灯片。"

"你才幻灯片演技，你全家都幻灯片演技！"

他眼底装满了笑意，伸手摸了摸我的头："我全家就你一个，小傻瓜，没事干吗骂自己？"

我发誓我想掐死他。

"不过，看你这么拼命，想转型？"

路子盛不愧是娱乐公司的老总，随便看我一段表演就猜出了我的心思。

我点点头：“是啊，我都一把年纪了，总不能老演偶像剧吧？”

这些年，我一直努力磨炼着自己的演技，就是希望能够早一天摆脱偶像剧的桎梏。

我不记得哪一位知名女演员曾经这么自嘲过：偶像剧没什么问题，但是只能演偶像剧的女演员是真的很可悲。

是的，可悲。

我演过无数角色，捧红了无数和我一起合作的男演员，但是我自己却一直挣扎在二三线。

即便我不想承认，但我已经二十七岁了。我的偶像剧已经演得越来越力不从心了。

即便我再怎么用专业的技巧去掩盖，我都无法逃避一个事实。

我害怕镜头扫到我的眼睛。

十几岁的少女的眼神是清澈不染杂质的，刚出社会的年轻人目光是单纯的，但我已经没有办法洗去岁月磨刻在我瞳孔上的灰尘了。

“你有这个追求是好事，不过恕我直言，以国内目前的市场情况来看，当红女演员大多都是走各类偶像剧路线的女星。”路子盛说，“而站在像我这样的投资人的角度上来说，有市场的东西，我才会掏钱买单。毕竟，公司上下几百口人都靠我的决策吃饭，对吧？”

我靠在五华楼的门栏上，抬头望着苍穹。

“路总你不了解我，比起当一个红个三五年就陨落的小偶像，我姜卓尔想要的，比那多得多。”

“那你想要什么呢？像陈宁那样的影后奖杯？”

我转头望向他，眼中全是认真：“为什么不呢？难道在你眼里，我不配吗？”

“不，”他凝视着我，“在我眼里，你比任何人都……”

“卓尔！”

忽然，一个熟悉的声音插了进来，打断了路子盛的话。

我回过头看过去，一时有些惊讶：“岳林，你怎么就回来了？”

“昨天忙完跟进，今早就赶第一班飞机过来找你了。”岳林看着我，疲惫的眼中满是笑意，“我不在你身边，有好好照顾自己吗？”

我想起这些天离了他闹出来的那些乌龙，忍不住想要和他狠狠吐槽一番，来缓解一下自己的情绪。

“你快别提了，我……”

松开的手忽然被人死死地抓住，我回头望着路子盛，一脸惊讶：“干吗呢，机器都关了，还演什么啊？”

他拽着我的手，挑衅地看向对面的岳林，似是不悦：“如果我的老婆刚跟我分手就跑向别的男人，这也未免太挑战我的底线了吧？”

我微笑着伸出手，一根一根地把他的指头掰开。

“底线这种东西划定出来，就是为了给人突破的，路总习惯了就好。”

“姜卓尔！”

“路总。”岳林忽然走了过来，拦在了我和路子盛之间。

路子盛眼神冰冷地望着他：“让开，别让我说第二次。”

“虽然不知道您的底线是什么，但是，”岳林顿了顿，看向身边的我，“我的底线，只有卓尔。”

路子盛双目微微眯起，锐利的眼神在我和岳林的身上打转，露出一丝冷笑：“哦？是吗？”

这家伙冷下来的脸色简直能冻死人，有时候我看着都有些发怵，但是岳林似乎完全不为所动。

“是。”

他居然正面和路子盛“杠”了回去！

我惊讶于岳林这小子这些年的长进，当年第一次见面时那个唯唯诺诺只会不停地跟人家道歉的年轻经纪人，如今已然成长到能为我挺身而出了。

也许是我看岳林的眼神过于赞许，令路子盛有些不悦，他伸手将我用力拉了回来，拽到他身后。

“至少现在按法律上说，她还是我的妻子。”他冰冷地注视着岳林，“所以……我劝你最好收起你那些不该有的心思！”

结果，岳林轻描淡写道：“很快就不是了。”

路子盛一顿。

“卓尔，”岳林转头对我一笑，“我还没告诉你一个好消息。”

我不明所以：“什么好消息？”

“我把你近两年的作品剪辑给了导演，他看完很满意，卓尔，三位候选人之中，你的胜算非常大。”他看着我，眼中含着希望的喜悦，“这是宁导准备拿去戛纳参展的作品，如果成功拿下电影女主角的话，从今以后，你就再也不用和路子盛炒作了！”

我惊讶道：“真的？”

他含笑点头：“当然是真的！卓尔，你就要自由了！”

我看着岳林眼睛下的黑眼圈，直觉告诉我他在撒谎。

“到底是导演满意我，还是你又去做傻事了？”我望着岳林疲惫的样子，叹了口气，“昨天一晚上没睡守人家家门口了吧？”

岳林的脸上露出心思被戳破后的尴尬：“没有，卓尔你又多想……”

我打断了他，自顾自地说：“当年我拿到人生中第一个女二号，就是你去导演家门口蹲了一晚上求来的。”

他的眼中流露出一丝错愕：“这件事，你怎么知道的？”

我叹了口气道：“那部戏结束之后，我去参加庆功宴。结果导演喝醉了，一直拉着我夸你，说是好多年没见过这么倔的小伙子了……”

岳林笑着摇了摇头，让我别再往下说了：“你这么一说，我为什么觉得有些丢人，自己艺人的角色还得这么拿来……”

“你胡说八道什么呢！”我笑着打断了他，“你在我面前，有什么丢不丢人的？”

当年我没名没姓的时候，岳林跟着我，他也不过是一个初出茅庐的经纪人。

我是他带的第一个艺人，他没经验，我没背景。

我没戏拍，他每个月也只能拿着少得可怜的底薪，什么提成都没有。但他从来不跟我说，还时不时地拿钱接济我，替我疏通关系。

他吃了多少苦碰了多少壁，我用脚趾头都能想到。

演着一个一个岳林放下身段替我求来、讨来的角色，我当时便发誓，有朝一日，我一定要成为最优秀的女演员，绝不辜负那些一路走来帮助过我的人。

思及此，我的眼睛有些泛红。

“你干吗自作主张啊，真是……明知道我最看不得自己的人跟着我受委屈了……”我望着岳林眼眶下挂着的醒目的黑眼圈，一阵心酸。

他对着我淡淡一笑："我是你的人吗？卓尔，我很开心。"

在一旁被晾了许久的路子盛终于冷笑了一声："姜卓尔，原来，在我身边对你来说是一件这么不自由的事情，"他嘲讽似的勾起嘴角，"那么，你加油了。我祝你早日脱离苦海。"说完，他狠狠地甩开了我的手。

我揉了揉自己被甩得生痛的手腕，一脸无奈。

"你没事吧？"岳林关心道。

"没事。"我望着路子盛离开的方向，叹了口气，"岳林，我觉得，那家伙这回好像真的生气了。"

我的预料一点都没错。

下午拍摄的时候，路子盛明显对我冷淡了许多。无论我怎么赔着笑脸在镜头前与他互动，他都再没回应过我。

偶然间落到我身上的眼神，也像是极地的冰山一样，上面覆满了终年不化的积雪。

休息的时候，那家伙也是躲我躲得远远的，站在离我足足十米开外的地方和林少勋他们有一搭没一搭地聊着天。

苏凌蹑手蹑脚地走到了我身边，猛地拍了一下我的肩膀："吵架了？"

我转头望向那边的路子盛，但他的视线却从我的身上轻描淡写地滑了过去，根本没有停留的意思。

“没有啊。”我对苏凌笑着摇了摇头。

“骗谁呢。”苏凌看向那边，“平时你们俩形影不离得都快成连体婴儿了，现在分得这么开，你跟我说你们没吵架？”

我只好无奈地看着她笑。

“为什么啊？”苏凌好奇地问。

我心下叹了口气，面上却一副没事人的样子，把苏凌往旁边推。

“行了行了，别那么八卦了，找你老公陪你聊天去！肖成泽刚刚都看了我好几眼了，再不把你送回去他该恨我了，听话，苏苏。”

送走了苏凌，我还是决定去找路子盛谈谈。

“你来一下。”我走过去拍了拍他的肩，向着林少勋一笑，“抱歉打断你们说话了，子盛我借走一下。”

路子盛任由我牵着，被拉到了一处僻静地。

“想说什么？”他淡淡道。

我开诚布公道：“如果我和岳林在人前太过亲密让你觉得不舒服的话，我可以改。”

他静静地看着我：“所以呢？”

“刚刚苏凌已经来问我，是不是和你吵架了。我是担心，我们再这么冷战下去，形婚的传言就又要出……”

他伸手，狠狠地捏住我的下颚，堵住了我的话。

“冷战？”他垂眸看我，“爱人之间才叫冷战。姜卓尔，我们相爱过吗？”

我没想到他会这么问，一愣。心情莫名地有些烦躁，我一向讨厌回答这种没有意义的问题。

“这个问题得问路总啊。”我稳了稳心神，抬眸对着他一笑。

因为只有在气势上压倒他，我才能把问题甩回去。

“路总爱过我吗？”我笑着问道，故作漫不经心。

“没有。”

还真是意料之中的回答。

“所以，我也没有。”我故作镇定，“路总知道的，我这个人呢，一向不喜欢吃亏。”

路子盛拿眼睛睨着我，好似看透了我挂在表面的伪装，冰冷的目光刺得我无处遁形。

“所以呢？”

“这两年我们的形婚合约虽然一直维持得不错，但是外界也确实不断地有流言出来，去年还有狗仔拍到我们吵架的照片，要不是路总出手迅速压了下去，估计外界早就传出我们婚变了吧？”我笑着凑近到他的耳边，笑意盈盈，“既然是已经答应了的事，我觉得路总还是敬业到底比较好。”

“敬业？”

他冷笑了一声，我望着他的眼睛，心里“咯噔”一声。

不好！玩过头把这家伙真的激怒了！

“姜小姐的敬业我是知道的，在这方面，我一向自愧不如。”他勾了勾嘴角，“只是不知道，姜小姐究竟能敬业到哪一步呢？”

“什么意思？”我心下一沉。

他看上去有些危险。

微微眯起的双目，凛冽的气息，无不透露着“我现在很生气”的信号。

然而糟糕的是，我试探了半天，也猜了半天，还是没搞明白路总生气的点到底在哪里，总不可能真的是在吃岳林的醋吧？这也太搞笑了！

他从口袋里掏出一张房卡。

这张卡我认得。节目录制前，我特地拜托岳林偷偷给我订下了路子盛隔壁的房间，因为我不想和他住在一起。

但是路子盛手里这张，就是原定节目组给的那张，也就是他自己住的房间的卡。

“想走潜规则，姜小姐难道不打算付出一些什么吗？”他两指夹着卡片，轻佻地在我眼前晃了一晃。

我挑了挑眉：“路总这是小清新玩不下去了，开始走无耻风了？”

想羞辱我？真抱歉，这种程度的羞辱还真不会对我造成什么实质上的伤害。

他把卡片往我的手心一放：“你以为，我不敢付诸行动？”

我摇了摇头。

“怎么会？”当然啊，你不敢。

他发出一声冷嗤，淡淡道：“姜小姐敢来吗？”

我对着他一笑，露出了只有在镜头前才会展现的少女娇嗔：“老公你怎么这么调皮，结婚了还给人家递卡，真讨厌。”

“演得不错。”他居高临下地望着我，“真希望姜小姐晚上在房间里的时候也能这么淡定自若地演下去。”

“路总对我的演技没信心？”

“不，相反，我很期待。”他最后笑了一声，转身扬长而去。

路子盛刚走，我便像一个被戳爆了气的皮球，猛地颓下来。

“递卡是什么鬼？这家伙想干吗？示威？警告？还是……耍流氓？”

最后一个猜想让我不寒而栗，忍不住抖了抖身子。

回来后我坐在椅子上玩手机，这时苏凌凑了过来。

“干吗呢，卓尔姐？”

“刷帖子呢。”

“什么内容啊？”她感兴趣地凑过来看了一眼，然后瞪大了眼睛看着我，“你看这个干什么？”

我淡定地关掉了手机界面上“过失杀人如何脱罪”的讨论帖，望着一脸错愕的苏凌：“别紧张，防患于未然而已。”

晚上，大理兰林阁酒店，1307号房。

我大步走出电梯，在路子盛的房间门口站定。

说来也是讽刺，平时回隔壁房间拿个行李都得注意避开楼道里的监控，偷偷摸摸的，像是做贼。

反倒是今天，做着不光彩的事，却能够光明正大地暴露在监控下。

我敲了敲门：“路总？”

里面没人应声。

洗澡去了？睡着了？

我低头看了眼手机上的时间，才八点不到。这个点路子盛根本不可能睡觉。

因为那个神经病在家里的时候总是说，十二点之前睡觉的佛系养生人士，总会错过午夜突然而至的机遇。

“在你们眼里，健康居然比钱和事业还重要，难怪这么失败。”路子盛从电脑前抬起头，冷冷地教育我。

我穿着睡衣，无奈地对他耸了耸肩。

“行吧，那您老慢慢忙，作为一个失败者我就好好去补我的美容觉，不挡您赚钱的路了。”

“出去关门。”他淡淡道。

“好嘞，路大爷。”

嘭！

我站在房门外，一脸无语。

好心看你是个病人可怜你，才喊你睡觉，你还嫌弃我？这是什么人啊？

思绪收回，我撇了撇嘴角。

这件事情大致发生在我俩刚结婚不久。

那会儿我和路子盛的对赌协议刚刚签下，S&T 娱乐也远没有现在这么财大气粗，只能算是行业新秀，各方面的资源都有待发展。

路子盛就像所有创一代一样，拒绝了自己亲爹的所有支持，把自己寄生在了电脑上，除了洗澡上厕所，连睡觉的时候电脑都搁在枕头边上。

这男人真的是我见过最拼的人了，有时连我都对他甘拜下风。

为了达成和好莱坞一个特效公司的永久合作，保证公司接下来向商业电影转型的计划不出意外，他亲自飞到洛杉矶，连时差都没来得及倒一下，就直接约了人家公司的负责人见面。

见面的具体内容是什么我不知道，我只知道这家伙回来之后就直接去医院里洗胃了，然后挂了一个礼拜的点滴。

最可怕的是，他连医生的住院要求都拒绝了，说是新项目的执行他必须全程跟进。

然后S&T娱乐总裁办的会议室里，整整一礼拜都充斥着消毒水的味道，正中间的位置上，是路子盛在面无表情地挂着吊瓶开会。

那段时间不少高层一听到上班开会就头大，心理阴影都快出来了。

在那期间，路子盛的Instagram（照片墙）上更新了一条新的动态：

照片的背景是好莱坞大道上的杜比剧院，他站在二层的中央观景台上，俯视着楼下的车水马龙。

这里，是每年奥斯卡颁奖盛典的举办会场。

鎏金的灯影沿着深红的长阶，曼妙悠长地向上延伸至拱门下，好似在攀爬交错光影中的时光长廊。

金色的建筑在阳光下矗立着，由内到外整体呈现着一种和谐融恰的对称美，仿佛是电影镜头中完美的分割艺术。

门口的灯柱上镌刻着历年获得奥斯卡小金人的影片和明星的名字，熠熠星光闪耀着永恒，以此激励后来的人努力向上攀爬着，永久地追寻着。

配图的文字只有简简单单的一个单词：Dream，梦想。

我猜，这张照片想表达的意思大概就是，他的梦想是让本国的电影制造业有一天能够达到西方电影的最高水准吧！

真是奇怪，一个唯利是图的商人，为什么会有这种执着和坚持，这难道不是那些信仰传统匠人精神的人才会有的想法吗？

这男人真是个谜。

“吱呀！”

客房的门在我面前被人轻轻拉开，面前的人的脸上写着满满的嘲讽：“敲两下门就没声音了，我还以为你半路被吓跑了呢。”

“怎么会？”我笑得无比虚伪，“我是怕路总日理万机，打扰了您。”

他侧身一让：“进来。”

我强压下心中的不安，走了进去。

路子盛身上穿着浴袍，耳朵上还挂着蓝牙耳机。我一进门，就看到他摊开在床头柜上的文件和开着的平板电脑。

显示屏上，一个视频会议刚刚结束。

我笑着和他打了个哈哈：“路总辛苦、辛苦，作为公司的一分子，我为此感到荣幸。”

他对着我嗤笑一声，然后把手伸向自己的浴袍带子，作势就要往下拉，我一看情况不对，立刻失声惊叫——

“等等！”

拉浴袍带子的手一顿，他抬起头讥讽道：“我还以为你已经准备好了，原来还没有啊。”说着，他往床头上一靠，坐在床上好整以暇地看着我的下一步动作。

我站在原地，脑子里拼命地思考着对策。

本以为这家伙就是跟往常一样吓唬我，谁知道他好像要来真的？

他见我半天不动，开口道：“我睡觉的时候，好像并不需要一个站岗的门神。”

我干咳一声：“那您需要什么呢？”

“暖床的抱枕。”他答得言简意赅。

“那我可以给您到网上订一个顶配版的，还带豪华语音系统，以及绝对真实的人体皮肤触摸质感……”

“姜卓尔。”他出声打断了我，“我希望你明白，我今天喊你来，不是想听你说相声的。”

我遗憾地摇了摇头：“那您真是太没有幽默感了，这样子人生可是会少很多乐趣的哦。”

他挑了挑眉，拍了拍自己身边的那块空地，似乎是在向我挑衅：

“姜小姐过来吗？”

我悄悄碰了碰放在口袋里的瓶子。本来里面放的是我自用的一款补水喷雾，但是现在里面已经被换上了特制的加强版辣椒水。

如果路子盛有什么不轨举动的话，我保证明天微博的头条就是 S&T 娱乐总裁意外变瞎。

“当然。”面上维持着自然得体的微笑，我向着他走了过去。

然而还没等我坐下来，我就被他一把拽到了怀里。

裸露的胸膛处充斥着水汽的湿润，撞了我一鼻子。我就以这么一个羞耻的姿势靠坐在他怀里，画面惊悚。

修长的五指轻浮地在我面颊上游移着，仿佛在逗弄一个玩物。

我在心底冷笑一声，手指偷偷地伸向口袋……

“啪！”

“如果你是一个杀手，那你一定在执行第一次任务的时候就被人宰掉了。”

他冷冷地开口，手指探进我的口袋里，缴获了我的辣椒水，凑到鼻尖一闻，然后把瓶子一扔。

“喂！”

一声惊呼之后，视野猛地翻转，我看着面前放大的脸，眉头紧锁。

“今天给你上一课，”他盯着我的脸，轻描淡写道，“如果下定了决心反抗，就不要在瓶子里装像辣椒水这种除了激怒对方之外毫无用处的东西。如果我是你，我会往里面倒硫酸。”

我打了个冷战。

“另外，”他轻轻松松地压制着我的手，挑眉一笑，“以你这样的反应速度和体能还幻想跟一个健康的成年男性抗衡，真不知道该说你天真还是骂你蠢。”

“随你怎么骂，反正我现在已经落到你手里了，我认栽。”我闭上眼睛，一副认命的样子，在心底默默记数。

一……二……

许久，预想中的接触还没有落下，我睁开了眼睛。

路子盛的手臂撑在我的身体两侧，在上方以一种十分复杂的眼神看着我。

他眼中神情几经挣扎变化后，终于开了口，以一种恨铁不成钢的口气：“姜卓尔你是不是想红想疯了，这种事情也敢随便答应？”

听到这句话，我感觉心头一块大石头终于落了地。

我赌我示弱会打断他疯狂的行为，事实证明，我赌对了。

路子盛总说我不够心狠，其实他不也一样吗？

我仰头望着他，对着他一笑，轻声道：“换一个人我肯定不敢，但因为是你，所以我来了。”

他的嘴角翘了翘，眼中似有我不懂的融融暖意：“你下一句话可千万别告诉我，因为你觉得我喜欢你。”

“我哪有那么自恋？”我看着他，“不过是因为我了解你。”

他鼻中发出一声低沉的闷笑：“哦？”

“你不是还要给你的白月光守身如玉吗？”我边说，边观察他的脸色，“为了你的白月光，你也什么都不会做的，对吧？”

他脸上的笑意渐渐凝固。

我心下一哂，什么嘛，心态这么脆弱？您这白月光可真金贵，我就这么随便一提都能触到您的逆鳞。

但是，他的手臂终于松了力，低声道：“你说得对。”

等到他沉默地从我身上挪开的时候，我终于长舒一口气爬了起来。

呼——好险。

退开几米之后，我在门口站定：“路总，我已经按照您的要求赴约了，您也满意了。那么作为交换条件，也请您从明天开始，继续好好地履行自己的承诺。”

“嗯。”他不知道在想些什么，连头都没抬一下。

“那，我先走了？”

危机解除之后，就是脚底抹油之时。

我正打算开溜，背后的声音却将我定在了原地。

“等一下。”

我深吸一口气，回过头来望着他，笑容真挚："请问路总还有什么事吗？"

"今天我回来的时候看到记者了，你要是现在出去回对面的房间，十有八九会被人拍到，明天不和的传言就会坐实，那样的话……"他淡淡地望着我，"你今晚就白白献身了，姜卓尔小姐。"

"记者？"我皱眉道，"岳林怎么没通知我？"

"记者是接到陈宁入住的消息来拍影后和她的小老公的甜蜜生活的。不过你要是送上门去给人家拍，人家估计也不会拒绝。"说着，他嗤笑了一声，"至于你那个经纪人为什么没通知你……他的执行能力本来就一般，只会损耗你的进度和时间，我早就想给你换掉了。"

我的神情渐渐冷了下来："我好像早就说过了，岳林的事情不劳路总费心。"

路子盛可以插手我的任何事情，但经纪人一直是我的底线。一旦失去了岳林，那我就彻底变成了被路子盛摆弄的、毫无还手之力的木偶。

剑拔弩张的气氛充斥整个空间，只需要再贡献一个零星的小火花，爆炸就可能一触即发。

然而，路子盛居然出乎意料地服了软。

"留下吧，吵架归吵架，别互相为难。"

听到他趋于平静的话，我也渐渐冷静了下来：“好。”

脱掉衣服去浴室洗澡是绝对不可能的，我和着自己的外衣，在路子盛身边试探着躺了下来，然后闭上了眼睛。

“关灯吧，我困了。”

周围没有任何动静，光线仍旧刺目。

我平复着自己的呼吸，强迫自己快点入睡，然而根本不可能。

脱离睡袋直接躺在床上的行为给我带来的是无法缓和的不安感，我的心跳得飞快，“嘭嘭嘭”的破风声在体内不住地响着，越想压制，呼吸就越发粗重急促。

——尤其是在刺目耀眼的光线下，总让我有一种暴露在众目睽睽之下、无处遁形的不安和羞耻感。

终于，我睁眼向着路子盛怒吼道：“求求你能不能关上灯！”

吼完，我就愣住了，他也是。

他似乎没有料到我会突然睁眼，黏在我脸上的视线一下子来不及收回，被我逮了个正着。

我带着满心的疑惑，试探道：“路总，你看我做什么？”

他叹了口气，起身去柜子里拿了条毛毯出来。

我疑惑地看着他：“你干吗，床上不是有被子吗？”

他径直向我走来，用手抖了一下毯子，然后用它围住了我。

我更迷茫了。

“怎么着，我是不配共享您的被子了吗？”

脸忽然被捏住，未说完的话全被堵在了口中。

路子盛看着我不能说话干瞪眼睛的样子，面上终于染上了一丝愉悦：“果然只有这样才能让你安静。”

我愤愤地望着他。

“听话。”他伸手抱住了我，细心地替我拢了一下耳边的碎发，靠在我耳边轻声道，“今晚委屈你一下，把我当睡袋用吧。”

“喂，不是……”

啪！

还没等我有机会发表一下自己的意见，屋内就熄灯了。

隔着一条毛毯，路子盛轻轻地抱着我，让我得以蜷缩在毛毯内，和这个世界隔离开来。

刚开始的时候，我还很有骨气地打算挣脱抗拒一下，然而最后发现是徒劳。

这家伙的臂力太强了，即便是轻轻环抱我也不是他的对手，弄得我那点挣扎就跟欲拒还迎似的，奇怪又尴尬。

好汉不吃眼前亏，我选择放弃，闭上眼睛。这家伙不就是不想让我好好睡觉嘛，赶紧熬过今晚算了。

本以为今晚会是一个不眠之夜，没想到后半夜的时候，我居然神奇地睡了过去。

再睁开眼，天已经大亮了。

我从毛毯内探出头来，搜索旁边的路子盛，却发现身旁早已空了。不知为何，我心里居然有一丝遗憾。

洗漱间的门开了。

那家伙换了一件新的浴袍，边走边擦着头发上的水，看我醒了，开口调侃道："嘴上说自己非睡袋不可，最后被我抱着还不是睡得跟头猪似的。"

我的额角暴起一丝青筋，笑得勉强。

话虽这么说，我的心中亦是在好奇自己这奇怪的转变。

睡袋这件事一直是我不肯对大众公开的秘密。

当初为了这件事，岳林想了无数办法帮助我转移注意力，让我改掉这个习惯，但都没用。

对于明星来说，心理隐疾就像丑闻一样令人头疼。

因为它代表着一个不为人知的过去，且最终会在群众的好奇心和舆论中逐渐发酵变味，引申发散出许多子虚乌有的故事。

最后，所有的锅全都扣在你的头顶上，躲都躲不及。

这么难的事情，居然在路子盛身边睡一晚上就自动痊愈了？

"我去洗漱。"

眼看对面的人目光变得越发戏谑，我决定主动逃离案发现场。

“喂。”他叫住了我。

“干吗？”我难得步调有些慌乱，脸也有些热，没敢回头。

背后的声音带着笑，听上去主人的心情十分不错。

“待会儿多等我一下，一起吃早餐？”

我只想着快点跑路，匆忙间便不假思索地应了下来：“好。”

结果，一出房门，我就愣住了。

岳林正在对面敲门，听到关门的响声，回过头来，眼中露出意外：“卓尔，你怎么从……”

我打断了他：“说来话长，我们赶紧下楼吧。”

他点了点头，皱着眉头，似乎欲言又止。

我扯着他进了电梯，确定路子盛没有跟过来，这才长舒一口气。

接着，我有些紧张地望着岳林：“我跟你说，接下来的一段时间，无论艺人部的人怎么找你谈职业生涯谈人生规划，你都绝对不能叛变，你知不知道，我身边现在可只剩下你了！”

岳林愣了一下，然后对着我淡淡一笑：“你放心，无论外人怎么干涉，我是绝对不会离开你的。”

我心里的大石头终于落了下来：“那就好。”

只要岳林不走，我就不会太被动。

电梯内一阵沉默。

“对了，卓尔……”岳林开口道。

“嗯？”电梯门开了，我走出去一半，回过头看着他。

“昨晚你手机关机，房间里的座机也没人接，所以我今早就来敲你的门了。”他顿了顿，“你还好吧？路子盛他……没把你怎么样吧？”

我对着他一笑，拍了拍他的肩膀：“还好你够沉得住气今早才过来，不然你要是昨晚出现的话，我和路子盛分居的事情现在已经在热搜上挂着了。”

他浅笑一下：“我不会给你惹麻烦的。”

我满意地点了点头。

路子盛这个瞎子，岳林的经纪执行能力不行？笑话。

一个初出茅庐的新人，五年不到的时间就把我这个半点后台背景都没有的一百〇八线小艺人捧成二三线熟脸，你以为那么容易？

我坐在酒店一楼的大厅内，等着岳林去帮我取自助的早餐来。

他很快就回来了，按照我的喜好和需求拿来了四个鸡蛋、一个苹果和一些生的紫甘蓝。

细细地将鸡蛋去壳拿掉里面的蛋黄之后，他把餐盘推到了我面前：“要去给你接一杯温水吗，或者我回房间去给你榨一杯果汁？”

“不用了。”我用手拿起一块鸡蛋白放进嘴里，“别忙了，一起坐着聊会儿天吧，我最近心烦死了。”

“怎么了？”岳林似乎很乐意充当我的倾诉对象。

我苦笑了一声：“还不是因为那个路子盛。”

“路子盛？”岳林的眼神一下子有些奇怪，“他怎么了吗？”

“反正我最近是越来越搞不懂他了……”

有的时候表现得对你很疏离，让你觉得他是在跟你谈交易；有时候又会越过那条界限，对你表现出超乎寻常的关心。

忽近忽远，忽亲忽疏，让我觉得自己好像一个被他摆弄在股掌之间的玩物，根本就猜不到他的真实意图。

然而，最该死的是……

我却忍不住想要去猜测这个男人的心思。

这种感觉，真的是太糟糕了。

我和岳林正说着话，忽然，一个声音插了进来。

我回头一看，顿时一阵头大。

都是我的错，我怎么把这家伙给忘了？

“说好了等我一起吃早餐的呢？”路子盛的手搭在我的椅背上，神色不善，“卓尔，嗯？”

路总那撩人的尾音，原来还自带威胁的效果。

我站起身来，恭敬地替他拉开椅背：“不好意思，路总请坐。”

他大摇大摆地坐了下来，视线在我和岳林身上逡巡一圈，然后嘲讽技能全开。

“前一天晚上跟人睡完，第二天转头就能换新的，亲爱的，你可真厉害。”他看着我，眸中带笑，语气暧昧。

岳林皱眉：“卓尔，难道你们之间真的发生了什么？”

啧！路子盛又在作妖了。

我回头看着路总，他脸上的笑容明显得就差举个喇叭对着大街上喊“我们之间有故事，麻烦快点来围观”了。

于是，我反将一军：“不是，我不太懂，抱着抱枕睡一晚上，也算是桃花债吗？”

言下之意，路子盛于我而言，就是个人形抱枕。

岳林似乎笑了一声，路总的脸一下子全黑了。

古城的拍摄今天就要结束了。

上午十一点，我们从大理兰林阁酒店退房，搭乘前往洱海游轮的客车。

在车上，导演告诉我们，如果不小心在下午的游戏中输掉的话，那么失败的那一组夫妻就要在船上待三天，不能上岛游玩了。

陈宁举手发问：“对不起导演，我晕船怎么办？”

结果，导演回答得相当官方：“那就想办法赢了游戏赶紧下船休息吧。”

陈宁转头看向我们，提前谈条件：“我有点晕船啊，你们待会儿记得手下留情啊。”

“行啊。”我笑道。

然而，一上船，突发状况就来了，真是欲哭无泪。

我匆忙从包里翻出岳林替我准备的卫生巾，去了卫生间。

上船之前，因为船上人员数量的限制，岳林没能一起来。但他一向心细，走时还记得提醒我今天是预算的生理期，让我做好防备，不要在镜头面前丢了仪态。

“岳林你太可怕了，连我的生理期你都记得？”我张大嘴巴，收下了那包卫生巾。

虽然从男生手里接过卫生巾这样私密的东西，委实显得有些尴尬。

一向严肃认真的他脸上难得露出一抹可疑的红云：“当然，你的任何事情我都记得。”

我拍了拍他的肩膀，感动道：“回去肯定给你涨工资！”

……

然而我对不起岳林的一片苦心，衣服上还是沾到了。

我只好把外衣一脱，袖子打结，调整了一下整个造型。上身是夏季的短背心，高腰的紧身裤搭配拉长了这个身形比例，腰上衬衣打的是双环双扣的围巾打法，点缀在腰上十分亮眼。

这种系法是我在苏格兰的时候，跟金发碧眼的外籍小姐姐学了好久才学会的。冬天的围巾用上这种打法，不但精致优雅，还带着一种慵懒的从容。

不但让裤子上令人尴尬的污渍被巧妙地遮住，还将原本不大出挑的穿搭升级出了一种时尚感。

我一走出卫生间，步入摄影机的拍摄范围内，就有不少 PD 的机器转向了我这边。

我动作自然地对着镜头招了招手，迎着微风抛出一个飞吻。

“卓尔姐这是去换了一下衣服吗？”一个离我较近的 PD 举着摄影机问道。

“你不觉得这样搭配更有意思吗？”我对着他眨了眨眼。

对于一个综艺节目来说，嘉宾别出心裁的穿搭也会增加大量的网络讨论量，甚至引领一段时间的街头时尚风潮。

我猜，节目播出之后，会有不少人效仿这种“姜卓尔绑带衣”的穿法了。

一场危机就这么巧妙地化解了。

事实上，如果连这种突发状况我都无法处理的话，那我还是别在这个圈子里混算了。

船上风很大，不一会儿工夫我就被风吹得头发晕。

路子盛那家伙大概还在为早餐那会儿的事跟我闹情绪，一直没怎么搭理我，自然也就没看出我的问题来。

胳膊被冻得瑟瑟发抖，又是生理期，我肚子里现在翻腾得受不了，全靠毅力在忍。

身为一个女明星，就算腿被打断了，也得在镜头前笑靥如花，这是我的敬业。

导演发布了正式的游戏任务，寻宝类游戏，要求三组玩家找出游轮上隐藏着的一个神秘物件，并带到船长室内认证。

最先认证通过者，获胜。其余两组，按照任务完成的时间长短排名。

游轮很大，从底仓到最顶上的观光阁，一共有四层。

每层大概二十来级台阶，大概四层小楼的高度。

顶着生理痛的负荷在楼层之间爬上爬下，其中酸爽大概只有我自己才能领会。

路子盛个子高，跨步也大，跟上他的速度简直就是一种折磨。我拖着疲惫的步伐勉强跟着他，身体的状况却红灯不断。

“砰！”

鼻尖撞上了一个坚硬的东西，我来不及收腿，身子一个打晃，扶着楼梯才勉强站稳。

肚子太痛了，痛到我没力气跟他吵架。

于是，我用嘶哑的声音问了一句：“干吗突然停下来？”

他皱眉看着我：“你声音怎么了？”

“感冒了。”

当着跟拍PD的面，他伸手就要去扯我腰间的衣服：“让你臭美脱外套！”

我赶忙拦住他：“别！”

他停了手，看着我：“到底怎么了？”

我叹了口气，凑近对他低声道：“生理期，裤子阵亡了。”

他皱了皱眉。

“就说你休息一天，”说着，他就要下楼去找导演，“今天不录了。”

我想起两次提出要求被导演驳回的陈宁，心下不想蹚这浑水，赶紧拉住他：“不用，我没事！”

“姜卓尔，你知不知道我为什么突然停下来？”他忽地怒了，“我是看你脸上一片惨白！”

我无奈道：“陈宁的事你也看到了，这导演谁的账也不买，我何必去给自己惹事呢，早点结束早点休息不就可以了……”

他打断了我，似乎我的这些话完全不能成为理由：“陈宁只是一个演员，但我是投资人。他可以无视陈宁的意见，但不会不听我的。”

“但你是你，我是我啊！我就一个小演员，如果有一天我们分开了，而我又给业内知名的综艺导演留下了不好的印象，以后我要是想跑宣传期，谁还会让我上节目？”

我们俩站在楼梯中间对峙。

跟拍的PD知道我们在谈私事，早就关掉了机器去楼下等着了。

他看着我，瞳孔中映出我被风高高撩起的头发，我越发显得面白如纸。

“路总，你相信有人手臂整个折了还能继续拍打戏吗？”我忽然开口问。

他一时反应不及，皱眉：“什么？”

“我能。”我对着他一笑，瞳孔中的女人亦是一笑，勾勒精致的红唇仿佛是在向所有人宣誓自己永不倒下的倔强，“所以生理期这种小事对我来说，根本不在矫情的范围内。”

那是几年前的事儿，岳林给我拿到的那个人生中的第一个女二号，那也是我的名字第一次出现在主要演员的名单里。

当时为了配合男女主角的拍摄档期，配角的单人戏份都排得很密，几乎挤到了一天来拍摄。

在同一天的时间里，我有近十场戏。

那会儿有戏上就真的很开心了，有戏拍就意味着有生活来源，可以还上岳林接济我的那些钱。所以，即便在大冬天拍又是摔马，又是跳冷水的戏，我都很快乐。

我记得那天刚好是在拍第十条摔马的戏，场记一打板，我就奋不顾身地把自己的身体往下翻。

结果也是因为经验不足，倒地的姿势不对，我的手臂撞在了垫子上，只听见骨头“咔嚓”一响，瞬间的剧痛激起了我满额头的汗。

拍摄一结束，所有人都围到了导演的监视器看回放，只有岳林注意到了我的表情不对，急匆匆地跑过来扶我。

“卓尔！”他过来的时候不小心扯了一下我的肩膀，我差点痛得对他翻白眼。

“停停停……岳林你谋杀呢！”我疼得龇牙咧嘴。

他赶紧松开手，但是神色更加紧张了：“你手受伤了？严不严重？我去那边协商一下暂缓拍摄，送你去医院！”

我点了点头：“行。”

然而，那边的导演似乎面上有些难色。

“是这样的，卓尔今天就只剩一个镜头了。这边属于景区，咱们行程有限，不可能为了她一个人耗时间再回来补拍……”

话说到这份上，我和岳林都听明白了。

导演希望我拍完最后一幕再去医院，这样能节省剧组的成本开支。我们俩对视一眼，都从对方的眼中看到了肯定的答案。

新人为了博得好感做出牺牲，理所当然。

南方的十二月，虽然没到北方那种冻得结冰的程度，但阵阵寒风贴着薄薄的夏季古装，那种阴冷是直接往骨头里扎的。

我站在河边，所有的机位和打光板已经全部架好，导演正举着一个大喇叭给我讲戏："好，各部门就位，我们争取一遍过……"

肩膀那块儿不知道是骨折还是骨裂了，稍微晃动一下就痛到头皮发麻。

"三，二，一……跳！"

我闻声落入刺骨的寒潭中，河面瞬间炸开一大朵灿烂的水花。而我，犹如一只求死的水鸟。

当机会送到眼前的时候，我根本没资格犹豫，只能拼命去抢、去夺！

我不假装什么岁月静好，我承认我贪婪。

肩上忽然一暖，等我回过神来时，对面的路子盛身上只剩下了一件薄短袖。

"别到时候病了，害我被人家说照顾不好自己老婆。"他边说，边伸手将罩在我身上的外套拢了拢，拿出领子里的碎发，定睛凝视着我，"所以，姜卓尔，别让自己生病，明白吗？"

那双眼睛认真得让我有些迷茫。

“你……是在关心我？”

“不是。”他松开我，视线右偏，“我只关心我自己的名声。”

才怪。

一撒谎视线就往右边看的习惯，看来这家伙是真的永远都改不了了。

所以，路子盛他大概是，真的在关心我。

- Part 5 -

告白之旅，试镜之行

本着早点结束早点休息的认知，路总智商爆表地在第一次认证的时候就直接通过。

我们找到的任务物品是两个很有民族风情的银手环。

路子盛把玩着手中一大一小的两个银色手环，问导演：“这是一对的，类似婚戒那样的？”

导演点点头：“在云南这边呢，无论是白族、纳西族还是傣族，都有将银器打成首饰作为结婚礼物的习惯，傣族姑娘更是从很小的时候开始，就要在腰上缠一根银腰带，防止腰部变粗。”

我听完一笑：“是吗，说得我都想去弄一根了，我们这行最怕腰变粗了。”

结果，路子盛听完眉头一皱：“那不是和过去女人缠足一样？”

“你要这么说，是有点儿像。”

路子盛转过身来，伸指掐了掐我的脸，警告道：“你可千万别作死在自己腰上绑那东西啊，缠足要掰断脚骨，你想掰断自己腰上哪根骨头？”

这家伙居然在众目睽睽之下对我动手动脚！

我偏了偏头，从魔掌中脱离出来：“我变漂亮了，站你身边不是更登对吗？”

他垂眸看着我：“傻瓜，我最大的愿望是希望你开心，而不是伤害自己来取悦我。”

心室一颤，我狠狠地打了个哆嗦，然后，像是掩饰似的转头对着那边的人笑道：“路总撩妹经典语录，赶紧拿笔记一下，以后肯定用得上！”

周围一阵笑。

路子盛似是无奈，轻轻摇了摇头。

完成任务就可以去一楼的船舱里休息，里面有热茶还有表演。

路子盛把外套给了我，在船上吹了将近两个小时的风。虽然他自己没开口，但我已经听到他轻轻吸鼻子的声音了。

我们从三楼下来的时候，正好撞上了苏凌和肖成泽上来。

苏凌看到我们拿着东西下来，后面也没有跟拍的PD，明显一愣。

“你们任务就完成了啊？”

路子盛把我往怀里一揽：“卓尔身体不舒服，我当然得快点完成任务，好让她去休息啊。”

透过面前的苏凌和肖成泽两个人，我瞥见了他们身后的跟拍PD摄影机里亮起的红点，现在镜头的聚焦应该在我的脸上。

我把头往路子盛怀里一靠，用手推了一下他的胸膛，嗔怪道：“知道我不舒服你还有空跟人家瞎扯！赶紧下去啦！”

苏凌对着我们笑眯眯道：“我发现卓尔姐平时看着挺稳重的，但是到了路总面前就变得像个小女孩。”

路子盛动作极其自然地在我发上吻了一下：“她就是到八十岁，也永远是我的小女孩。”

苏凌捂着脸，一副受惊的样子：“老公我们快走，我心脏受刺激了。”

“累死我了。”我瘫在沙发上，对着举起摄影机朝这边走过来的跟拍PD摆了摆手，“不行不行，你等会儿拍，让我颓废一会儿再开机。”

那个 PD 笑了一声，然后还是开了机。

我假装自暴自弃地瘫在镜头前：“行吧行吧，你想拍就拍吧，到时候后期记得给我贴几个字，大型仙女人设崩塌现场。”

路子盛披着工作人员给的毯子从镜头后面走了过来，坐到我身边，手一张把毯子撑开。

我配合地往他怀里靠，两个人披着一张毯子依偎在镜头前。

这时，一个穿着白族服饰的小姐姐面带笑容地走到镜头前，给我们上了一杯茶。

“就一杯？”我一愣。

小姐姐微笑着点了点头。

我想起路子盛刚才挨的两个小时冻，把杯子端到了他嘴边。

“老公你喝吧。”

他嘴角翘了翘，用只有我们两个人能听到的声音说道：“算你还有点良心。”然后笑着喝了一大口。

……

他的表情忽然变得有些古怪，狠狠地皱了一下眉，似乎是强忍着才没在镜头前喷出来。

“怎么了？”我不解道。

跟拍的 PD 一边把摄影机拉近了拍路子盛的反应，一边憋着笑说：“刚才上的是白族特色三道茶中的第一道，苦茶。”

完了，他还笑眯眯地看着我们，明知故问：“有没有被整到？”

呃……还真是什么样的导演带什么样的团队啊，这都是些什么恶趣味的人？

路子盛转头看着我，一脸“你是不是知道所以故意整我”的表情。

我用眼神回敬他，你以为谁都像你一样幼稚吗？

他的视线顺着我从头到脚游走了一遍，一副“我怎么就不信你呢”的样子。

好吧……

因为上节目之前已经被岳林提醒过这个导演很坑，所以我每到一个地方之前都会查一下当地的风俗习惯，防止被整。

这个白族的三道茶习俗，我也是知道的。第一道是苦茶，第二道是甜茶，第三道又叫回味茶，合称为“一苦二甜三回味”，象征着人生百味，尽数尝过。

但是，我是真的没想到茶会在休息的时候端过来呀，我真以为那就是一杯普通的茶水！

我叹了口气：“行吧，就当是我整你。”

然后，我就着他的手，一口干掉了杯子里剩下的茶水。

“现在扯平了。”

他愣了一下，然后凑过来对着我笑。

我不明所以："你干吗笑得那么邪乎？"

他贴在我耳边暧昧道："喂，你知不知道你刚刚在镜头前，算是跟我间接接吻了？"

我低头看了眼手里的纸杯，上面两个不同颜色的唇印交叠在一起，一时有些脸热。

老天，我还真是直接对着他喝过的地方喝的。

"路总想象力还真是丰富，真亲都这么多回了还矫情这个。"我压低声音，笑道。

他眼中全是笑意："喂，我说，你一个女孩子，这么直白地说出来，真的不会害羞吗？"

我对着自己的手背亲了一下，然后一脸无辜地看着他。

"反正就跟亲自己一样，一点感觉都没有。"

他勾了勾嘴角，起身对跟拍 PD 道："我去甲板上吹会儿风。"

毯子被留下来了，他伸手提走了放在旁边的自己的外套。

"啊……现在毯子全是我一个人的了！"我故意用毯子把自己包得只剩下一个头，用愉悦的语调来气他。

"那你一个人慢慢享受吧，都是你的了。"他头也不回地道。

拽着毯子的手指渐渐松开，我转头背过摄影机。

我刚刚撒谎了。

并不是没有悸动，可是只要一想到，我一个在娱乐圈摔打这么多年的女人到头来还要去相信这种骗小姑娘的把戏，我就一阵恶寒。

除了我自己，我谁都不能信，我只有我自己。

获得这一轮游戏的胜利后，我和路子盛获得了三天环岛自由行的机会。

这一轮的失败者本应该是陈宁和林少勋，因为陈宁晕船，做任务的时候几乎一直在恍惚的状态中，只靠林少勋一个人，自然毫无悬念地输掉了。

但是第二名的肖成泽和苏凌却提出愿意代替他们接受惩罚。

“在船上漂流三天也是挺有意思的，对吧，亲爱的？”苏凌拽着老公肖成泽的手撒娇。

“是是是，我们留下来吧。”肖成泽无奈道。

自主交换达成，两组下船上岛，一组留在船上。

当然，所谓的三日环岛自由行不可能真的拍摄整整三天，基本上只要拍够剪辑的片段就可以让嘉宾去休息了。

拿我和路子盛来说，我们最多在岛上停留一天一夜进行拍摄。

我的试镜时间已经定下来了，就在明天下午四点，最迟明天中午，我就要搭乘飞机从这里飞回去。

至于路子盛，他接到了总裁办打来的电话，说是一家好莱坞的特效团队的合约期到期了，为了表示诚意，总裁办建议续约的事情最好由他本人出面和对方谈条件。

所以，我们或许都得暂停一下拍摄，去处理自己的事情。

次日。

上午是在洱海上的南诏风情岛拍摄，岛上到处都修建着长长的林荫木道，木道两旁是大片大片的桃花林，穿过桃花林就是沙滩。

我解下脖子上的丝巾，任其随风而舞，粉白的花瓣落在我的头发上。身边的人目光温柔，抬手拂开我肩上的花瓣，又将落在发上的也一片一片地轻轻摘去。

我的眼中只有他，他的眼中亦只有我一人。

他的手掌靠在我的面颊处，拇指在嘴唇处拂过。下一秒，有温热的东西贴了上来，纷纷扬扬的花瓣落了下来，似梦境中一场终年不停歇的落雪。

在场的众人无不为这一美好的画面而动容，作为当事人的我也是。

——如果吹花瓣的鼓风机噪音能够小一点的话。

一个上午的时间，我们拍出了足够多的甜蜜的镜头。然后，两人双双奔赴机场。

登机前，我向着路子盛张开双臂："来，咱们临别前拥抱一个！"

他看着我，挑了挑眉：“为什么你这个举动让我觉得更像是在说，咱们永别吧？”

“这么理解，好像也没错！”我冲着他眨了眨眼，“就像岳林说的，这一次的试镜如果通过了，我就会成为电影女主角，我们也不用再在人前表演了。”

他沉默许久，才终于扯了扯嘴角，扬起一个微笑：“那就提前祝福你了。”说完，他大步向我走来，一把将我揽进怀里，箍得紧紧的。

我玩笑似的拍打着他的背：“喂！一听分手就激动得想要勒死我，太伤人了你！”

他一只手按在我的后脑勺上，揉着我的头发，低声道：“姜卓尔，下次别再随便对一个男人张开怀抱了，换作是谁都会多想的。”

说完，他便大步流星地走进了登机口，没有回头。

在我的身后，岳林刚替我领完登机牌回来找我。

“告别完了吗？”他问我。

我点了点头：“嗯，他已经登机了。”

“那我们也准备走吧。”他把登机牌交给我。

“好。”

送走了路子盛，我也要开始为我自己的未来而努力啦！

“补觉还是看剧本大纲？”飞机上，坐在我旁边的岳林问道。

“给我剧本吧。”我打了个哈欠，向他伸出手。

他虽然觉得不妥，但是并没有拒绝我。他沉默着从包里拿出文件夹，向我递来：“女主的介绍大纲我已经用红线替你画出来了。”

我笑了一声：“不用，我都看了快八百遍了，人物小传都快背下来了。”

“那你还不休息？”他皱眉道。

我掏出镜子，对着自己的脸照了照。果然，眼睛下面有两个特别明显的黑圈。

“惨了，待会儿试镜的时候素颜上阵，我会不会看上去像吸血鬼啊？”我不由得担心道。

“现在补救的话，似乎也晚了些，”岳林淡淡道，“卓尔，昨晚我就提醒过你，是你非要陪路子盛胡闹的。”

我觉得我家经纪人好像有点生气了，果然这回是胡闹过头耽误工作了吗?

我双手合十，向他道歉：“我保证！以后一定好好听话，再也不耽误工作了！”

岳林平静的脸上这才隐隐浮现出了一丝笑意。

昨晚我本来是打算好好休息的，但是路子盛那家伙非要向导演提议要拍夜间片段。

“我们的拍摄档期只给了一天，要是不拍一些夜间的片段，强行说是三天的拍摄，内容还是有些不够吧？”

他的这个提议有理有据，导演经过一番思索之后，便拍了板：“嗯，那就按路总说的，要辛苦你们今晚熬夜了，不会耽误你们明天白天的行程吧？”

路子盛笑着摇了摇头：“不会，熬夜对我来说已经是家常便饭了。”

“难怪路总这么年轻有为，果然都是拼出来的。”

但是，我和岳林显然不这么想。

岳林皱眉：“明天你的试镜角色是一个二十岁不到的大学生，就算角色性格偏阴郁，但是该有的青春感还是要有的，熬夜实在是太……”

说着，他就要去找导演协商。

“算了。”我望着站在一边的路子盛，忽然伸手拉住了岳林，“拍吧，我没问题的。”

岳林回过头来，顺着我的目光看去。

“卓尔，我想问你一个问题。”

“什么？”

“现在，你是出于什么理由答应了这个附加拍摄？”他望着我，淡淡道，“工作，还是……路子盛？”

“我不知道。”岳林跟了我多年，早就是不分彼此的家人了，我不想骗他。

我承认我对那人有些动心，但我也知道，他并不适合我。

唯一幸运的大概就是，他有他的白月光，他不喜欢我。

“我等你的答案。”岳林担忧道，“卓尔，或许你会不高兴，但是这些话我还是要说，你现在已经站在岔路口上了，最终的选择会让你的人生产生很大的影响，你要慎重。”

我和路子盛手牵着手在岸边散着步，洱海的水拍打着我们的脚踝，这是我少有的全身心放松的时候。

我们在岸边堆着沙雕，路子盛玩心大起，在镜头前用树枝画出了一张脸，边忍不住笑边让我看：“你看看这像不像你？”

圆成饼的脸，配上五个圈代表五官，路总的艺术天赋简直称得上是清奇。

“路子盛，我劝你善良。”

于是，昨晚我们就这么在镜头前真真假假地表演了一个通宵。

我伸手抹去眼角熬出的泪水，趁着飞行的间隙把其他人的人物小传也过了一遍。

除了记自己的台词之外，我还会尽量熟悉对手的台词。这也是我在拍戏之前一直保持的一个习惯。

因为有时候在现场，演员会因为各种各样的原因碰上一些喜欢自由发挥的对手。如果不熟悉对方的词，就容易接不上戏，不断 NG（重拍）。

NG 的时候，无论错在不在你，这本身就是一件挺尴尬的事情。

我要试镜的这部电影的导演是来自好莱坞声名赫赫的华裔导演宁城，剧本虽然是纯粹的好莱坞商业出品模式，但是比起特效，这个剧本更加看重故事情节。

或许是宁城的故乡情结，这部电影的主要角色都是清一色的亚洲面孔，故事背景也是在国内。

我所要试镜的角色是一个大三的女学生，也是这部电影的女主角。

容貌姣好，性格孤僻，但是心地十分善良，既是故事中最主要的人物，也是讲述故事的人物。

这个角色设定中规中矩，虽然突破性不是很大，但是只要在宁城的电影里出演了女主角，我的人气和关注度绝对会获得一个质的飞越。

要知道，挤入电影圈，获得名导的青睐，带着作品走上国际电影节的红毯，这对于任何一个女演员来说，都是梦寐以求的事情。

之前的海选，宁导都没有出现过。但这次的最终面试，他将会亲自到场，选出他心目中的最佳女主角。

所以，我必须要获得他的认可。

“马上就到你的号了。”岳林有些担心地望着我。

我咽下嘴里含着的速溶黑咖啡，对着他点了点头。

下了飞机之后我实在是太困了，所以我不得不顶着生理期的疼痛，给自己猛灌凉咖啡。

“好歹用热水泡吧？”

我摇了摇头：“那还得等它凉，麻烦。”

凉咖啡一下肚，我的胃里便一阵抽搐。一时间不知道身体里到底是胃在叫嚣，还是肠道在肆虐。人却一下子清醒了过来，连之前那种要命的眩晕感都减轻了很多。

“卓尔，你的脸色很糟糕。”岳林看着我，满脸都是心疼。

“没事儿。”我笑着安慰他，“你现在要做的呢，就是让助理买好药，然后在外面等着我出来。”

“可是……”

“当初我可是答应了你，”我打断了他，“你跟我混，我就罩着你，不记得了吗？”

他似乎是想起了当年的事情，唇边露出了一个笑：“是啊……当然记得了。”

“那就等着你家女王大人打败其他所有人，拿下这个角色给你看。”我自信地扬了扬眉。

岳林终究叹了口气，淡淡一笑：“好啊，我等着。”

这时，叫号的人终于喊到了我的名字：“三号，姜卓尔，请到会议室。”

我走到门口，迎面碰上那位近年风头正热，走清纯少女路线的女演员，两人擦肩而过，互相点头露出了一个微笑。

“加油。”

“你也是。”

我微笑着推开会议室的门。

评审席上坐了七个人，座位前面分别贴着写有各自名字的名牌，宁导跟制片人一起，坐在正中间的位置。

“三号，姜卓尔是吧？”他拿着我的档案，边看边问。

“是的，宁导。”我礼貌道。

“嗯，初选和二选的成绩我看了，三个人里面你的表演分数很靠前啊。”

靠前的意思其实就是第一位，我明白。

于是，我乖巧地道谢：“谢谢各位老师。”

“但是……”一听到这个转折词，我心里便狠狠地“咯噔”了一声，“你这个形象，我觉得不太符合我们女主角的人物设定。”

形象不合？我心中暗暗惊叹。

最担心的事情还是发生了，我的长相偏明艳，带有一定的攻击性，演一些偶像剧里二十多岁的漂亮女主角是没什么问题，但是确实是没什么少女感。

不行，这是一个很危险的讯号。

我试着做一次挣扎："是这样的，宁导，您不妨先看看我的表演？"

他皱着眉头，慢慢地看向我这边，似乎是在想措辞，忽然，顿住了。

我疑惑不解，试探着问了一句："宁导？"

他回过神来。

"抱歉，"他对着周围的人，"现在我有一个建议，不知道大家有没有兴趣听一下？"

制片人问道："宁导有何高见？"

"我刚刚一看到这姑娘，脑子里就冒出了一个念头，她不适合这个女主角的角色……"

一句话直接给我浇了一盆凉水，但我的心中仍然抱了一丝希望。因为，听宁导的口气，显然是还有下文的。

"但是呢，我觉得，凯瑟琳这个角色会很适合她。"

我闻言一震。凯瑟琳？凯瑟琳·江？

我看过了几遍人物简介，所以这个角色的人设我记得很清楚。

凯瑟琳·江，江烨，女主角的行为分析学老师，同时也是学校外聘的美籍华人女教授。

她是个痴迷于研究各类典型犯罪案例的女学者，更是一个名副其实的女疯子。

为了自己的学术研究，江烨甚至乐于把自己当作诱饵，去接近那些穷凶极恶的罪犯。总之，她就是一个什么疯狂的事情都做得出来的女人。

所以这个女教授最先出现的场景就是受到连环杀手侵犯之后，衣着不整地被丢在垃圾桶边。

风衣里面的裙子已经碎成了一块烂布，青紫的痕迹顺着裸露的肌肤从胸前一路向下面延伸，而这个受害者却面目平静，仿佛事不关己。

身为警察的男主发现她的时候，她正在心中默默为罪犯做着心理侧写，口里念念有词。

干瘪的身体，花掉的浓妆，明艳的红唇，周围腐臭的垃圾堆。

鲜明的视觉冲击，形成一幅极具视觉震撼的画面。

——完全触目惊心的，死亡美学。

警察男主以为这个受害人已经疯了，将衣服往她身上一盖，想让同事把她送往医院进行救助。

结果，却被江烨一把拽住了。

“我希望你向我们试演的片段，就是江烨第一次遇害，在众人面前做心理测写的片段。”宁导也没问我的意见，直接拍板做了决定。

老实说，我不太喜欢这个角色。

倒不是她的人设有什么问题，相反，她的人设还挺有意思的，是我一直想要的那种，有深度且有突破的角色。

但是，问题在于那场侵犯戏。

尺度在哪里？光是读文字都能够预感到的冲击性，如果完整地还原出来，在国内是否会面临剪得一帧不剩的情况呢？

再加上裸露戏和侵犯戏，这些对于女演员来说，一向都是很敏感的话题。所以大家面对这种东西，一向都是慎之又慎。毕竟，谁都不想断送自己的演艺生涯。

更何况，江烨只是一个戏份不是太多的配角。

按照我目前的职业规划，我根本没有必要为了这么一个角色，拼上自己的演艺生涯去赌。

虽然不知道宁导为什么临时改变主意，但现阶段为了赢得好感，我还是决定照做。

只能保佑待会儿让他满意之后，事情能出现一丝转机。

“开始吧。”宁导说。

我闭上了眼睛，深吸了一口气，让自己的呼吸平缓下来。

眼睛再睁开，我的双目已经变得冷静而空洞。

现在，我就是江烨本人。

我向着空气伸手，一把拽住了面前假想中的男人。

“等等。”

他回过头来，看着我：“先去医院吧。”

“本市口音，目测三十多岁，身高大致在一米九以上，身体素质比普通人好，被我一刀扎在腿部，仍然保留奔跑的行动能力，建议从退伍军人处入手。车子扔在下沙路那边跑了，你们可以去查行车记录仪和租赁记录，这车应该不是他自己的……当然，没用。因为没人傻到留下这么明显的证据。”

这个试镜片段其实挑得十分刁钻。

因为江烨的性格属于冷静内敛的学者，虽然内心十分狂野，但是外在并不怎么显现。

所以，这一段既没有激烈的动作，也没有任何明显外露的情绪。

换句话说，江烨是个内心狂热的女面瘫。

演艺界的万年难题——如何完美地演绎一个面瘫，且看上去不像一具会呼吸的“尸体”。

所以在这一段台词念出来的时候，我用的是完全机械化的调子，面无表情，语速却越来越快。

虽然表情好像是漫不经心地在说着和自己完全无关的事情，但是急促的语速却暴露了我内心的激动。

嘿！这个疯子终于让我逮到他了！

我要把他脑子里那些美妙的犯罪念头和手段全部肢解剖碎……啊，是的，你没听错！我是说美妙！看看这天才的创造，这艺术般的犯罪现场！这魔鬼一般的作为！

下地狱去吧！你这该死的恶魔！

我越想越兴奋，指尖因为用力而显得泛白，手背上暴起阵阵青筋。

“……就这些，去医院吧。”

我慢条斯理地从风衣口袋里掏出一支口红，边说边举着想象中的镜子补妆。浓艳的红色就像染了满嘴的血，我用手指轻轻一抹嘴角，未干的口红花了。

——如同一只刚享用完新鲜血肉的妖怪。

做这些事情的时候，我全程都是面无表情的，只有眼睛里流露着妖冶的快感。

然后，我的嘴角向着左边轻轻一扯，似乎是在嘲讽那个看上去年轻不经事的警察小子。

这一整段，全都没有在宁导的剧本大纲里出现过，所有的动作都是在我把自己代入江烨之后想象出来的。

现在我就是凯瑟琳·江，她必然就会那么做。

她只能像我这般去做。

“啪啪啪……”

屋内响起了一阵掌声。

我睁开眼睛，从那场罪恶堕落的梦中醒来，眼中疯狂的火焰渐渐熄灭，弯下身子，对着评审席上的众人鞠了一躬。

宁导在正中间带头鼓起了掌：“很不错，姜卓尔小姐，你发挥得比我想象中的还要好。”

我一时思绪有些复杂，这个角色八成是会让我上了，但是这么个角色……我实在不知道自己是该喜还是该忧……

宁导似乎是看出了我的顾虑，微笑着向我解释：“姜小姐现在一定特别好奇，我为什么会忽然改变主意，让您来出演这个角色？事实上，这个角色我之前中意的人选是好莱坞的一位亚裔演员。”

我知道，他现在的话其实是一种变相的安慰，毕竟这和试镜之前说好的不一样。我现在可以说是提前从女主角的竞争中出局了。

听说宁城在进入好莱坞之前，在英国伯明翰大学待过很长一段时间，男人的那种绅士风度在他身上十分明显。

身在夏季也依旧是标准的西服四件套，却奇怪地抽掉了本应该躺在衬衫胸口前的领带，反而用薄丝巾在领口打了一个精致的温莎结。

传统中带着一丝别致的矛盾。

虽然我只是一个参选人，但他仍然十分有礼貌地对我比了个“请”的手势：“抱歉，可能要请姜小姐和我出来一下。”

我有些惊讶。

宁导是要亲自说服我接下这个角色吗?

我跟随着他来到隔壁的接待室，他拿了两个纸杯走到饮料机边，问道：“咖啡还是茶？”

我摇了摇头：“都不用了，事实上，我刚才已经喝下去不少咖啡了，现在并不是很舒服。”

他一笑，给自己接了一杯咖啡，坐到对面的沙发上：“姜小姐看上去没休息好？”

“是的。”

“现在，我要开始游说了。”他举着杯子对我玩笑道。

看来这位导演是一位有礼貌且有幽默感的人。

“那我可要好好听听了。”

“坦白来说，姜小姐一进门，我就从你的身上闻到了凯瑟琳的气味。”

“闻？”我笑问道，“这个形容似乎挺有新意？”

“不错，就像是那种荒原上欧石楠的气息。人们谈起欧石楠总会说它是孤独之花。在莎士比亚笔下，绝望的行人会在欧石楠的花畔听到黑夜中恶魔蛊惑的低语。但在现实中，欧石楠是生长在南非的花之皇后。这么说，姜小姐能理解吗？”

我试着去分析他的话。

“宁导的意思是，在我身上……看到了……我想想怎么表达，绝望与孤独之美？”

“不，我在你身上看到了强烈的野心和欲望，再配上外在的瘦弱感，完全是凯瑟琳本人！”

野心？欲望？

好像的确不是第一次有人这么说我。

我失去人生中第一次试镜的机会，就是因为被评论“脸上野心太重，没有女主感”。

但现在入行多年，我早已学会了隐藏自己，选择遵从主流的态度，炒着精致仙女的人设一路往上走。

也许是今天实在是太疲惫了，进门的时候，那种强烈的欲望感，我居然忘记收起来了。

“这还是第一次有人夸奖我，野心外露是一件好事。”我对着宁导，诚恳道。

“张扬和内敛，本来就是美的两种方式，为何非要取舍呢？”

他对我耸了耸肩，“试着突破固有的模式，唤醒内心潜藏的野兽，不是一件很有意思的事情吗？”

我双手合十，身体微微有些前倾。

事实上，我有些心动了。

但是，亲手撕掉自己经营多年的人设，这样真的没关系吗？

“一成不变的中规中矩虽然稳定，但只有标新立异才能快速吸引眼球，不是吗，姜小姐？”

我一惊，猛地抬头看向宁导。

但那锐利的眼神却像是看破了我所有的想法，以及我的所求。

“难得和宁城合作一次的机会，可不能白白浪费，对吧？”他脸上的笑容还是那么优雅得体，说出的话却直击我的天灵盖。

是啊……

和宁城合作，绝对的高曝光和高话题，我何必要在人设和角色之间纠结呢？

况且……固有印象的不断重复终究会败给视觉疲劳。

何不……一鸣惊人？

宁城从沙发上起身，放下手里已经空了的咖啡杯。

“我想，姜小姐已经做好决定了。”

“是。”我抬起头，看着他，眼中是毫不掩藏的野心与张扬，“我演，无论戏份多少，我都演！”

宁导微微颔首：“我很期待与姜小姐的合作。”

“试镜怎么样？”

一出走廊，岳林就直接迎了上来。

我微笑着伸手与他击掌：“放心，是好消息。”

岳林的眼中一下子被惊喜与欣慰填满：“我就知道你一定可以做到。”

我对着他一笑：“当……”

大脑忽然一阵眩晕。

“卓尔！”视线开始模糊，恍惚中我看到岳林脸色大变，一只手稳稳地托住了我濒临倒地的身体。

我望着他的瞳孔，缓缓地闭上了眼。

宁导的眼光还真是没错啊。

凯瑟琳·江？

我现在看上去颓废得可不就像是一只濒危的野兽吗？

“岳经纪人就是这么照顾人的？把人都照顾到医院里来了？”

“我倒想请问路总，明知道她第二天有试镜还强行拉着她拍夜戏，你是想故意搞砸试镜好一直绑着她吧？”

“听着，我劝你不要激怒我。”

“一切都结束了，路总，再过一段时间我就会带着她脱离S&T娱乐，成立自己的工作室……你拦不住的，路子盛。”

“你！”

耳边隐隐约约传来剧烈的争吵声，让我忍不住皱眉。

我现在困得要死，完全不想睁开眼睛，但是那嘈杂的声音实在是让人难以入眠。

“吵死了，给我安静点。”我闭着眼睛，不耐烦道。

没插输液管的那只手被人猛地握住：“你醒了！姜卓尔，你现在感觉怎么样？头还晕吗？”

我无奈地睁开眼睛，刚想张口请那人“安静”，却忽然愣住了。

眼前的路子盛面容憔悴，眼中夹着大片的红血丝，一看就是许多天都没有好好休息过了。

“喂，你什么情况？明明昏倒的人是我，你怎么把自己搞得这么惨？”

他视线往右边移了移，低声道：“我在公司和人谈判，结果接到你经纪人的问罪电话，说是你快死了，逼我回来给你谢罪收尸。”

“那你现在收完了？”

他垂眸看着我：“什么意思？大老远把我喊过来，现在你想赶我走啊？”

他嘴上挂着不悦，眼中却是一目了然的关心。

“没有啊。”我望着他的眼睛，似乎是想要探究他的内心，“你想留多久就留多久。”

他转头，对着身后的岳林嘲讽道：“她胡闹给自己灌凉咖啡整到胃痉挛，你也由着她？刚离开我这个丈夫没多久就病倒了，就你这样的经纪人还细心呢？”

岳林淡淡一笑，似乎完全不在意这些指责：“路总现在暂时还可以像这样指责我，不过，试镜的最终结果最迟一周就会出来，丈夫这个名头您或许用到下周就该截止了。”

路子盛一顿，沉默了许久。

终于，他回过头，看了一眼病床上的我，嘴唇嚅动着，似乎是想说些什么。无数情绪都凝聚在那一眼中，令我呼吸一窒。

——似乎是在生气，又似乎全是无奈。

我抓着被单的手指渐渐发紧，一个极大胆的猜想在我的脑海中慢慢成型。那是我猜了无数遍，但又绝对不敢去触碰的答案……

“你以为我这个总裁是白当的吗？”路子盛开口了，他对着岳林，冷笑了一下，“如果我愿意的话，我保证，她的试镜，永远都过不了。那个时候，你又能怎么办呢？大经纪人？”

我的脑子里终于“轰”的一声，爆炸了。

结婚两年以来，所有的相处片段就像走马灯一样在我的眼前一张张闪过。

他所有的奇怪行为，所有的暧昧举动，所有看似真挚却故作玩笑逗弄的承诺，在这一瞬间，全都被我联系在了一起。

我张嘴，讷讷地问：“你……不会是真的，爱上我了吧？”

他静静地凝视着我，久到我以为他已经变成了一座雕像。

终于……

“是啊。”他勾了勾嘴角，冷笑道，“所以，你以为你可以从我身边逃掉吗？”

那一瞬间，我“听”到了自己三观粉碎的声音

——它已经碎成了一地的渣渣，再也拼不起来。

- Part 6 -

镜头之后，舞台之下

等到我身体恢复得差不多时，我们一行人就赶往丽江与节目组会合，继续接下来的拍摄。

只不过在丽江已经待到第二天了，我还处在震惊的余波中。

自从得知路子盛的真实情感之后，我大概经历了心态上的三次转变。

先是震惊，再是犹豫，最后，接受现实。

我开始有意地与他保持距离。

试镜的结果即将出来，如何选择，我还没有想好。

或许是这个距离保持得有些过于遥远了，连一向对别人家的八卦半点兴趣都没有的陈宁都看出来了。

“吵架了？”拍摄间隙，我正躲在化妆棚的一个角落里啃苹果，陈宁路过我身边，关心地问了一句。

我摇了摇头。

她正喝着林少勋给她榨的蔬菜汁，见我摇头，又漫不经心地补了一句：“哦，原来是合约期啊。”

我吓得手里的苹果差点飞出去，赶紧打圆场：“你想多了。”

结果陈宁笑了一声，极其坦然地看着我。

“我可是过来人。”

在洞察一切的目光下，所有的伪装都无处遁形。

我脸上的笑容一下子变得无比尴尬，只得讪讪地看着她：“宁姐……”

她把手指比在唇中间：“放心，礼尚往来，我会帮你保密。”

我无奈一笑。

真不愧是影后啊，洞察人心……

见我默认了，陈宁脸上的笑容也真挚了许多。

于是，再出口的话就真了几分，颇带了些惺惺相惜的交心。

“言归正传，虽然是合约，但是路总对你应该是真心的。不出意外的话，结婚是他提出来的吧？费了这么大劲搞假结婚这一招，大概是想找借口把你留在身边吧？”她说。

我摇了摇头：“这你可就猜错了，假结婚是我提的。”

她一时有些惊讶：“啊？但是他这样什么好处也得不到啊，他图什么呢？”

“我们是对赌，他培养我，一边可以稳固自己的形象，一边我也要拼命往上爬替他赚钱，关键我没背景、听话、变数少，这确实是安全且双赢的事情。”

我想起当年和路子盛谈判，他答应我的时候，就是这么说的。

然而陈宁却摇了摇头。

“不对，这和我了解到的S&T娱乐的项目构造完全不一样。”

据陈宁所说，路子盛的S&T娱乐其实在两年前和好莱坞的特效团队签下合约之后，就有彻底向曾经的米高梅等纯制造公司转型的趋势。

路子盛想将S&T打造成本土的好莱坞流水工厂，制作部门也必须注入大量经费进行完善。所以为了节省开支，公司必然会砍掉一些与发展关联较小的部分。

换句话说，公司理想化的发展模式和国内传统的靠人气艺人抱团反哺的模式是完全相反的。

也就是说，照着公司内部制作团队逐渐专业化和扩张化的趋势发展，扔掉艺人部几乎是板上钉钉的事。

既然路子盛两年前就有彻底扔掉公司艺人部的想法了，那么他和我的对赌协议就根本没有任何意义。

我的存在，对他公司的未来发展，没有任何的帮助。

我越想就越是心惊肉跳，但是这些话，我一个字都不能透露给陈宁，只能闷在心里。

“或许他只是一时兴起呢？”我对着她耸了耸肩，“你也知道，男人对漂亮女人的请求总是毫无反抗力。”

陈宁微笑着，也不反驳我，反而顺着我的话继续往下圆场：“是啊，就像现在这样，也有可能只是在一起扮演假夫妻太入戏，一时出不来了。”

我连连点头：“没错，没错，就是这样。”

她对着我笑，我也对着她笑。她向我举起杯子，我拿起手里的半个苹果，和她碰杯。

虽然我们俩都挺有心机的，但我觉得她应该挺欣赏我，就像我也挺尊敬她。

“晚上少勋要以我的名义请大家一起去古城的酒吧里喝酒，你要一起来吗？”她偏头看着我笑。

“宁姐请客，我怎么可能不给面子呢？”

晚上拍摄结束，丽江古城临水的一家清吧。

“我嫌酒吧人多眼杂太吵，就把这儿给包了。大家就纯当剧组聚餐，随便聊会儿天，我就先干为敬了。”

陈宁不愧是前辈，在众人面前端起杯子就直接一干而尽，保持了一个组织者该有的大气风范。

路子盛坐在我身边，有些不安地揉着自己的眉心，似乎是在缓解压力。

我知道，他本来是不想来的。

但是林少勋说不想和肖成泽单独喝酒，说是肖成泽酒量太好，他太吃亏，就强拉了路子盛来垫背。

路子盛躲了一天，最后还是在房间门口被这两人给堵到了。他推托不得，强行被架了过来。

然而我知道，路子盛很少喝酒，酒量也差得令人发指。

除开情绪极度糟糕的时候，他对所有的酒精产品都是敬谢不敏。

按照这家伙一贯的精英思维，酒精摄入多了会麻痹神经，导致智商下降。平日里要么靠秘书替他挡，要么干脆没人敢下手灌他。

像这种日常聚会的场合，路总才不会轻易舍弃他高贵的大脑，拿去祭酒。

“路总，来一杯？”林少勋冲着我们这边微笑着举了举杯子。

路子盛抬起头向那边笑了一下，手没动，张口估计是想拒绝了：

“我不……”

“我替他喝吧。”

拒绝的话被掐断在了喉咙里，他惊讶地转头看着身边的我。

但我只是对着他笑了一下，然后拿起放在他面前的玻璃杯：“我当他的黑玫瑰。”

黑玫瑰的意思就是，我作为他的挡酒人，该他喝下去的酒，全由我代劳。

肖成泽带头吹了一声长口哨：“Bravo！（棒！）说真的，黑骑士我见了不少，黑玫瑰的话……卓尔姐，你还是第一个。”

“是吗？”我边说边喝光了杯子里的酒，像陈宁那样亮了亮杯底。

对面又是一阵起哄的欢呼。

“路总，有人给你当黑玫瑰的话，被帮的人事后可得答应女士一个要求呢。”

路子盛当众问我：“那你有什么需要我做的呢？”

苏凌插嘴道：“当然是要你永远爱她啦！”

路子盛看着我，淡淡一笑：“这个不用她说，我也会做到的。”

我抿了抿唇，不置可否。

他问道：“那别的要求是什么呢？”

“先欠着吧，我还没想好。”我回答。

路子盛若有所思地看着我。

大家一杯接着一杯的酒往嘴里灌着，除了路子盛，几个演艺圈出身的人全都喝大了。

一个个东倒西歪地爆着平时在记者面前绝对不敢瞎说的话。

首先是陈宁。

这位影后对自己的人生现状倒是没什么不满意的，全部的苦水都在她老公林少勋的身上。

“我真的不知道那些说少勋靠脸吃软饭的人心里是怎么想的，脑子里晃荡的水到底有多少年没清过了？”

苏凌在一旁拍着她的背：“宁姐，淡定，淡定。”

陈宁说，她第一次见林少勋是在一个卫视跨年晚会的彩排现场。林少勋是人气小生，她是重量级嘉宾，节目想营造收视热度，就请他们两个人合作一出歌舞秀。

她本来以为这种事情就是站位踩点对着台下表演就好了。

但直到面对现场十几台随机切换机位的摄像机时，她才发现自己完全被搞晕了。她根本不知道怎么让自己的视线跟上摄影机，导播回放画面时现场效果非常差，她看上去就像是在全场慌乱地神游。

但是，和她同台的林少勋就完全不一样了。

作为国内的人气小生，他在这个舞台上充分展现了自己作为偶像的实力，那就是眼神随时跟上摄影机的机位切换，每一次都能刚好和镜头对上。

镜头前的林少勋，显得那么帅气迷人。

拍了一辈子戏的陈宁第一次对镜头感这件事产生了迷茫。

她那会儿也对这个年轻的小鲜肉抱着大众固有的偏见：他其实就是个靠脸吃饭的花瓶吧？

但事实证明，花瓶都比她有镜头感。

林少勋看出了陈宁的迷茫，原来大银幕上气场全开的女王也有手足无措的一天。

他耐心地开始向陈宁传授这些年他在无数次实战中积累下来的舞台经验。后来，演出很成功，影后总算是险险地没在全国观众面前丢脸。于是，作为感谢，她提出请林少勋吃饭……

“所以，一来二去，你们就在一起了？”苏凌抱着杯子，好奇地问。

陈宁点了点头：“嗯，少勋大概是我见过的，最温柔、最努力的人了。所以，我很不喜欢外界对他的那些无端指责，他们根本不理解偶像有多难当。”

林少勋将手贴在她的手背上，对着她温柔一笑：“我没关系的。”

苏凌和肖成泽连连点头，同为偶像出身的人，他们对这些自然是深有同感。

肖成泽吐槽道：“练习生的时候不光要训练舞蹈和形体，最可怕的就是镜头感了。一个台上十几台摄影机的红光都是随机亮的，看到红光，视线就必须跟过去，练出足够的反应力之前，我几乎全是靠直觉盲猜。”

苏凌更是一脸苦大仇深：“关键不给吃的！我和成泽从十五岁开始当练习生，一直到二十二岁出道，整整七年，主食全断！每天吃得比老鼠都少，我发誓我当年练舞的时候，饿晕的次数绝对比累晕的多！”

我深以为然。

大众总是觉得我们这些做明星做偶像的名利双收，但没人知道我们或许比别人付出了更多的东西。

任何一个行业都是一样的：有的人是在舞台上付出，有的人是在交际上付出，有的人是在演技上付出。

也许那个在众人眼里演技很烂的偶像，他在舞台训练中落下了很严重的腰伤，每天都在偏瘫的边缘反复试探。

也许那个一直炒着少女人设走着清纯路线的花瓶女演员，她在人群交际中付出了自己所有的精力，能够倒背出眼前酒会上所有参与成员的人际关系网。

也许那个被吐槽整容过头的女演员，只是想扩充一下自己一直被限制的戏路。毕竟，寡淡的面容总是不如明艳的面容来的机会多。这种行为就像你去二次进修，再为自己的学历镀一层金一样，无可指责。

你有所付出，必会有所得；他人有所得，必然比你付出的多。

“卓尔姐，你呢？”苏凌他们都吐槽完，话题该丢到我这儿来了。

我晃了晃手里的酒杯。

“我嘛……”我对众人笑道，“我这两年被喷得还少吗？”

陈宁颇为同情地点了点头：“网络上你的吐槽贴最高点赞量应该有几十万吧？”

我喝了口酒，点着头：“对啊，最高赞的那个回答还说我是路子盛家养的洗脚婢。”

周围一阵哈哈大笑，朋友之间互相爆对方的黑料，就跟玩笑一样，没人会在意的。

倒是路子盛十分尴尬地咳嗽了好几声，好像被噎得不行：“咳，卓尔，哪儿的帖子，我找人去删了。”

苏凌起哄：“护妻狂魔，拉黑他吧。”

肖成泽附和道：“建议开除群聊。”

屋内的温度在渐渐上升，我摸了一下自己发烫的脸颊，感觉自己今天喝得有些过多了。

一只手夺过了我面前的杯子，放到一边。

“你行不行啊？”路子盛的声音传入了耳中。

我不在乎地摆了摆手：“我要是这点扛酒的能力都没有，三百年前就被人灌趴了。”

他顿了顿，低声道：“我都知道。这些年，你辛苦了。”

我装作不在意道：“所以，之后的路可得麻烦路总多担待着点。这样，我也能少受不少罪。”

“如果，”他低声道，“如果我能早一点出现保护你，你是不是就不用受这么多罪了？”

我忽地又想起人生中第一次参加试镜的时候，作为老板的路子盛一句：“脸上心机太重，野心太重，我认为她的脸不适合出演女主角。”

他是那部戏的制片人，他随口一句话，就足够让我在当时那个小公司里混不下去。

我在那个公司的艺人部被雪藏了，经济来源断了好长一段时间，这才搬去了那个令我留下了心理阴影的车库。

不过，这些事都过去了。

我或许怪过他，却从未怨恨过他。

刷掉不适合角色的演员，本来就是一个制片人应该履行的责任。从这一点来讲，路子盛什么都没做错。

我对着他笑道：“你不用保护我啊，因为我会保护我自己。”

他大概是听出了我话语中的拒绝。我在拒绝他的告白与示好。

他没有吭声。

可能是想起过往了心情不好，那晚我喝了很多酒。最后收场的时候，虽然不至于烂醉，但也确实是有些走不动路了。

路总是对的，酒精会麻痹人的神经。

我颤着一双发麻的手去包里找手机，想打电话叫岳林来接我。然而手有些抖，连按了几下都没把他名字搜出来。

路子盛一把夺过了我的手机。

“你干吗？”我揉着胀痛的太阳穴，埋怨道。

“我没喝酒，待会儿我送你回去。”

我半眯着醉醺醺的眼，扯了扯嘴角：“路总你搞笑呢！你……你都说了，对我有意思，我现在喝得烂醉……行动能力都没有……你想乘人之危也别这么光明正大吧？”

路子盛有些愠怒：“我心怀不轨，你以为岳林就坦坦荡荡吗？你是白痴吗？”说着，他不顾我的挣扎，直接将我拦腰抱了起来。

耳边传来苏凌的一声惊呼。

“哇！”

我嗤了一声，这小丫头以为自己在围观什么大型偶像剧现场吗？

“你放我下来！”我把头靠在他耳边，小声嘟囔道。

“听话，别动，”他捉住了我的手，往怀里又紧了紧，“你放心，我绝对不会对你做什么的。”

次日，清晨。

我望着天花板，正在怀疑人生。

路子盛大概是给我下了什么蛊，所以我才会第二次在他怀里睡死过去。这次都没撑到回酒店。

我只记得他抱着我上了助理的车子，等到我再次清醒的时候，就已经是今天早上了。

房间是他的房间，但是现在这里面只有我一个人。

我掀开被子，检查了一下自己。衣服还是昨晚那件，完好无损。看来，那家伙遵守了自己的诺言，什么都没做。

赤着脚走下床，我回头望着洁白的被单发呆。现在就算是在没有睡袋保护的情况下，我也不会半夜惊醒了吗？

房门外忽然响起一阵敲门声。

我打开门，果然是路子盛。

他提着几个纸袋，交到了我的手上：“去洗个澡吧，给你买了换洗的衣服。”

我拉开袋子瞥了一眼，眼尖地看到了一样有些尴尬的东西。

我干咳了一声，尴尬道：“你、你怎么连那个都买了？”

他笑了一声，明知故问道：“什么？”

我拿眼睛干瞪着他，半天没把那个羞耻的名词说出来。

我单手挡着自己的脸，根本没眼看他，恶狠狠道：“说！尺码哪儿来的！”

他戏谑一笑，握住我挡脸的手想往下拉。

“管好你的猪蹄！”我怒道。

路子盛闻声收了手，轻咳一声道：“我目测的。”

我额角暴出一丝青筋。

这家伙在骗鬼呢！

“你以前，是不是半夜偷溜进过我房间？”我伸出一根手指，指着他的鼻子质问。

他手掌一张，把我伸出的手直接包了个圆。

下一秒，额头上落下了一个指节的轻磕。

“我都抱着你睡过多少次了，你白痴啊？”

路总最近不骂人傻瓜了，他可能迷上了喊人白痴。

我假笑着伸手把人往外面一推：“那我就不拉低您智商了，谢谢了啊！赶紧走吧！不然我经纪人来了，我又得准备危机公关了。”

说着，我就要关门。

然而——

“嘭！”一只皮鞋卡在了门缝处。

我眼珠子都要掉下来了，这是什么电视剧里的霸道总裁骚操作？路总是被早年投资的偶像剧拉低了智商还没聪明回来吗？

他从门缝中强行挤了进来，跟我争辩：“为什么我们在一起你要和岳林解释？”

“废话，他是我经纪人啊，不好好解释他又该对着我叨叨了。”

他拽着我的手：“回答我！你是不是喜欢你那个经纪人？”

我一脸莫名其妙：“你为什么会有这么奇怪的想法？我为什么要喜欢岳林？他什么黑历史我没见过？男神形象早就没了好吧？”

想什么呢？我和岳林站在一起，那就是左手和右手，一点感觉都没有。

路子盛嗤笑了一声，松开了我的手，对着身后说了句：“现在听到了吧？梦该醒了，大经纪人。”

他的身子从门板处让开，岳林沉默地站在房门外，看着屋内的我们，不语。

不是，现在是个什么情况？

“换好衣服之后，来一下。”

平时一向好脾气的岳林，今天也黑了脸，丢下一句话转身就走了。

路子盛看着他离开的背影，十分幼稚地摇了摇手：“不送。”

我白了路子盛一眼，推开他就要去追岳林。

路子盛一把拽住我："都说了没兴趣了你还追什么追？"

"你还好意思说！等我回来再找你算账！"

身后传来路子盛不满的大叫，我一阵头大。

这都是些什么事儿啊？

"演雕像呢？都多少年没见你这样了？"我追到古城的最高处，扶着自己的膝盖，气喘吁吁，果然看见岳林正坐在石头道的扶手上。

这人的脾气还真是七年如一日，每次不高兴了就喜欢一个人往又高又没人的地方躲。

闻言，他眼睛望着远方，压根不打算搭理我。

我心底无奈地叹息。

装着嗤了一声，我用脚踹了踹他的皮鞋尖，笑道："喂，岳林，长本事了啊，还敢玩暗恋自己老板的游戏？"

他抬眸看着我："不可以吗？"

天啦，他认真的。我一时语塞。

"没问题啊，随便你，工作上我是你的老板，私人感情我不参与，所以喜欢与否是你的事情，我无权干涉。"我耸了耸肩。

他的脸上露出一个淡淡的笑，起身，逼近，巨大的阴影在我的视线范围内形成，我从未见过岳林这般锋芒毕露的时候。

“那么，卓尔，我可以追你吗？”

我笑了笑，退开一步：“你这个问题设置得有陷阱啊，岳林。可以与否主动权在你，根本没必要问我不是吗？我拒绝的话，你就不做了吗？我同意的话，那不就证明我接受你的感情了吗？”

“所以你是不接受了？”

“对。”

他苦笑一声：“你一定要拒绝得这么直白吗？”

“已经知道自己对路子盛有好感了，我还吊着你不放？在你眼里，你老板就是这样的浑蛋吗？”

他摇头不语，沉默地坐下。

我走过去，拍了拍他的肩膀：“现在让你做一个选择，成为顶级的传奇经纪人和作为平凡的姜卓尔男朋友，你更倾向于选哪个？不要犹豫，去选脑子里第一个想到的答案。”

“真是个残酷的选择题啊。”他低声道。

“所谓选择，本来就是把选项摆上天平的两端去称，然后扔掉那个稍微轻一些的东西。”我蹲下来，抬头望着他，“岳林，姜卓尔的男朋友可以换无数个，但是她身边的传奇经纪人只会有一个，不是吗？”

他低下头许久，终究抬起了头，对着我一笑，像这些年我们无数次合伙做出决定时那样。

“对。”

我向他伸出手：“就是说嘛。像这种眼瞎不要你的女人赶紧扔了，让她哪个垃圾堆凉快哪儿待着去，省得挡住你的路。”

他被我的自黑逗笑了，不住地摇头：“卓尔，你……”

我对着他吐了吐舌头：“不选我，没眼光的男人。”

“卓尔，不要不讲道理，是你先拒绝我的吧？”

“小子，你老板这么多年，什么时候跟你讲过道理了？”我对着他眨了眨眼，“能耍赖，谁还跟你讲道理啊？”

他好像被我打败了。

“回去吧，导演给我来短信了。”

“啊！八点多了！岳林我恨你！快点快点，让我回去洗澡做头发！”

……

浴缸里的水温调得十分适宜，我躺在里面闭眼放松，脑子里回忆着白天发生的事情。

今天，我知道了一个秘密。

原来那个跟在我身边，陪着我一路成长的男人，心底里一直保留着一份对我的喜欢。

我感激这份情感。

因为它，我们两个人一路艰难地扶持，携手走到了现在。

他不是我的爱人，却是我的家人，是我的盔甲，是我右手边最信任的存在。

只是今天我忽然明白，我们终究会有各奔前程的一天。

如果我的愿望是成为最优秀的女演员，那么岳林一定也有自己的希冀。

他应该成为顶级经纪人，而不是顶级女演员的经纪人。

他不应该成为我的私有物。

想到这里，我从手边的防水袋中拿出了手机，拨打了一个电话。

电话响了两声之后，接通了。

“您好，这里是S&T娱乐前台。”

“帮我转接经济事务部，就说艺人姜卓尔除原执行经纪人之外，申请增加一个宣传经纪……”

次日的行程是丽江最美的泸沽湖。

昨晚我挂断电话之后，岳林就接到了经济事务部总监打来的电话，说是即将为我安排一个新的宣传经纪。路总的传真批复也在昨晚一同发给了他。

岳林大大方方地直接发短信将这条消息转述给了我。

“也好，之后你电影路演，我也总算不用全程跟着了。”

我关掉屏幕，看着远处的景色。

“格姆女神山前连着一块三角洲，叫里格岛。它隔出了泸沽湖，从空中俯视的话就像是一滴眼泪的形状。所以，泸沽湖又被称为‘神女之泪’。在这里生活着一群人——摩梭人……”

导演举着一个大喇叭，站在河滩上的摄影机后，向我们介绍着泸沽湖的风土人情。

“今天我们就不进行竞技类的游戏了，因为各位都是新婚夫妻，所以想请大家体验一下摩梭人独有的走婚习俗。”

“走婚？”苏凌问道。

导演介绍起了摩梭人的走婚习俗。

这是当地一个古老的族系婚姻模式，族内的年轻男女到了适婚年龄之后，不会像汉族一样依据父母之言、三书六聘的形式完成婚礼，而是夜合晨离，主要靠双方感情维系关系，类似伴侣的形式。

“伴侣？像……情人那样吗？”肖成泽笑嘻嘻地问，结果收获了苏凌一个狠狠的白眼。

“呵，男人。”

摩梭人维持一段感情的方式并不是靠婚姻，而是随性而为。一旦爱慕之情结束，关系也就可以自动解除。

当青年男女互相爱慕之时，会在每天晚上游走到对方家里过夜，每夜如此。如果有一天，一方的感情消失了，夜晚就不会再去对方那里，对方来敲门，也不会再开门。

这个时候，婚姻就自动结束了。

“这么洒脱啊？”陈宁笑道，“不过你别说，这样我还挺喜欢的。”

苏凌张口起哄：“少勋哥小心哦，这是有事情的前兆。”

林少勋温柔一笑：“没关系，她要是不给我开门，那我就翻墙进去找她，在门口守到她开门为止。”

陈宁对着那边的苏凌捂着嘴笑：“别招惹他，你说不过他的。”

路子盛站在我身边，见我出神地望着远方，用手在我面前晃了晃：“在想什么？”

我回头对着他一笑。

“我刚才在心里问自己，在这里如果不考虑所有的因素，只是按照走婚的模式，我愿不愿意真心实意地嫁给你一次？”

他的眼中燃起一丝期待的火星，紧张而又不安地摇曳着，颤颤巍巍。

“那么，你的答案是什么？”

我望着他：“我愿意。”

他的眼睛湿润了，好像亿万颗星星沉睡在其中，忽然全都发起了光：“卓尔，谢谢你。”

我把头靠在了他的怀里：“嗯，我说，我愿意。”

如果不考虑所有的舆论、名利，那么在这里，我是愿意的。

姜卓尔愿意，在这一刻，和路子盛永远在一起。

夜间的篝火亮了起来，红衣白裙，头上是用彩色珠串绕了四匝的带花头饰，一条单辫垂落在左边。

我们换上了摩梭人的婚服，在火光的映照中踏过那道长长的走婚桥。情人滩上的杂草没过我的胸口，遮挡住了我的视线。但没关系，因为我知道在这条路的尽头，我的爱人一定在那里等着我。

他会在群山中执起我的手，即便这条路也许无法走到白头。

路子盛站在一群围着跟拍的PD前面，看着我的造型，眼里流露出一抹惊艳，对着我挑了挑眉："你为什么穿什么都好看？"

"那你可千万不要告诉我，我不穿最好看。"

周围的PD全笑了。

他单手抵在唇边，嘴角一翘："你为什么这么懂我？"

我走过去抱住了他，在镜头前主动亲吻了他的嘴唇。

"白痴，因为我是你老婆啊。"

他单手托住我的头，喉结上下滚动了一下，发出一声低笑，加深了这个吻。

"那，遵命。"

三天之后，试镜结果由岳林电话通知了我。

“确定出演角色，江烨。综艺拍摄结束一周后，前往洛杉矶进行为期一个月的开机筹备封闭训练。”

“收到。”

从收到通知的那一刻开始，即便现在拍摄还没有结束，但我知道路子盛一定和我一样，已经明白了，我们的这段合约期婚姻，到此结束。

现实终究不是泸沽湖边的一场走婚。

我们之间的身份从初始就是完全不对等的。投资人与女明星，他可以一时新鲜爱上我，甚至娶了我，但我不能因为一时心动就立刻嫁给他。

或许真如陈宁所说，路子盛和我的对赌协议从一开始就是一场浪漫的骗局，但它应该结束了。

一边全身心地爱着一个人，一边像腐虫一样吸附在他身上获取资源，这种掺杂利益交换的爱让我无比羞愧。我的自尊让我没有办法心安理得地白白获得这一切。

再或者，或许有一天，他不爱我了，我又该怎么办?

我暗自做了一个决定。

试镜结果公布之后，最后一站丽江的录制也即将完成，《蜜月之约》的录制接近尾声。

陈宁和苏凌她们都在讨论录制结束之后要和老公去哪里放松一下，只有我在这里考虑如何在恰当的时机发布离婚公告。

啊……无忧无虑的幸福，真好。

“听说你就要进组了，什么时候有空一起去民政局把婚离了？”路子盛故作轻松地笑着问我。

“一起去民政局？”我把脸凑到他面前，坏笑着眨了眨眼，“其实你就是想找机会再和我独处吧？到时候再约个分手饭什么的？”

他笑着伸手捏住我的脸：“是啊，你怎么这么聪明？”

“陪我去海边走走吧！这里的景色真的不错！回去之后，我估计得忙好长一段时间才能休息，到时候我肯定会想念这里的！”

他垂下头看着我，认真地问道：“那你会想念我吗？”

心口忽然一堵，我避开了这个问题。

“当年我们为了利益结婚，现在就好聚好散，这样也算是弥补遗憾了。”

路子盛点了点头：“好。”

泸沽湖在古时，又被称为“永宁海”。夜晚的里格岛一片静谧，我们像在南诏岛时那样，手牵着手，十指相扣，在岸边漫步。星辰穿过层层雾霭投入湖中，星光点点。

在海边，我摘下了手上的婚戒，把它交还给了路子盛。

他摊开掌心，对着月光凝望着手中的戒指，忽地扬起手。我一惊，还来不及出声阻止，戒指就已经划出了一道优美的弧线，落入了群星的怀抱。

“咚！”我只能隐约听到一声微弱的水声响起。

“你扔了它做什么？”我不解。

星光下，他勾起了嘴角，冲着我一笑，虽然显得有些勉强。

“总觉得留下纪念品是对双方的一种负担，我不想有负担，你也不要有。”

“那现在我可以行使愿望了吗？”

“愿望？”他一愣。

“之前在酒吧里，我做了你的黑玫瑰，你还欠我一个愿望，不记得了吗？”

“好啊，”他淡淡一笑，“你的愿望是什么？”

我向他伸出手：“我想要你的那枚戒指。”

“你也要扔？”他摘下戒指递给我。

我接过戒指，把它收到手心里，对着他笑：“谁说的，我要留作离婚纪念品。”

他叹了口气，看着我，目光温柔。

“白痴……你应该像我一样扔掉它的。”他伸手捧住我的脸，“卓尔，不要觉得有负担，我可以喜欢你，你也一样有权利拒绝我，你什么都没做错。”

“我知道。”我看着他笑，“但我比较喜欢不按常理出牌。”

他盯着我看了半晌，然而实在没办法从我的脸上找到一丝破绽，只好无奈道：“好吧，那随便你好了。”

我们继续边走边聊。

这大概就是成年人的世界吧，分手也很和平，没有吵闹和歇斯底里。大家只是和一起携手同行过的伴侣微笑着挥手作别，然后各奔前程。

只是，路子盛不知道的是，那晚之后，我把戒指做成了一根项链，从此挂在了离心口最近的地方。

如果我们之间的地位不平等，那我就努力让它变得平等。

只有等到我依靠自己成为真正受人尊敬的女演员时，我和他之间才是平等的。

等到那一天，我便会向世人证明，路子盛不是我财色交易的对象，而是我所企盼共度一生的那个人。

- Part 7 -

兜兜转转，真相大白

拍摄结束的那天，我请全组的人吃散伙饭。

路子盛借口公司有事，提前搭乘了早一天的飞机回去。

我想，他大概是怕我们坐在一起的时候，又得被镜头围着进行尴尬的秀恩爱表演，给两人徒增负担吧。

这个人总是说一套做一套，说什么不留负担，其实负担最大的人就是他了吧？

陈宁不愧是老江湖，只是看着路子盛这一天没有出现在我身边，便猜到发生了什么。

“彻底结束了？”她端着酒杯坐到我身边，低声问道。

“是啊。”

“你决定好了？”

我点了点头。

她长叹一口气，神情看上去有些萧瑟：“看着你，我总会想起我年轻的时候。卓尔，你和我年轻的时候真的很像。”

我开玩笑道：“那还真是谢宁姐吉言了，像您一样的话，那我以后岂不是也要拿几个影后的奖杯回来？”

她嗤了一声，抬手和我碰了一杯。

“是像我一样孤单到将近四十岁吧？”

“单到四十岁有什么不好的？”我边说边看向不远处忙着替她挡酒的林少勋，“也许是上帝想让你等到那个最适合你的人出现。”

她也看向了那边，笑了一声：“少勋啊……”

似乎是察觉到了我们的目光，林少勋回过头来，用问询的目光望了一眼这边的陈宁。

陈宁笑着向他招了招手，示意没有事。

即便一句话都没说，我也能感受到他们之间满满的依赖和幸福。

“那你找到那个最适合你的人了吗？”陈宁望着我笑，似有所指地问。

我对着她神秘一笑。

“找到了。不过……我觉得自己现在或许不是最合适的状态？”

她好像听明白了。

“那，祝福你早日达成所愿。”她端起酒杯。

“多谢了。”

“嘭！”

两个杯子碰在了一起。

杀青之后的第一个周末，节目组已经把第一期节目剪辑完毕，在当晚播出。

我坐在封闭训练的房间的沙发上，看着与他过往的一幕幕画面，不禁露出微笑。

节目播出之后，成员们在微博上获得了极高的讨论量。如同节目组预想的那样，我和路子盛的“童话CP”收获了巨大的热度。

许多人羡慕我和路子盛的爱情，连我自己看着都有些羡慕。

——假如当初那些画面是真的，该有多好？

借着这个节目，我在微博上的热度节节攀升。

无论是我和路子盛的甜蜜互动，还是游戏时我戏剧性的效果展现，亦或是我帮助陈宁抽走分手签的义气，都获得了路人的称赞。

除了 CP 粉之外，我还收获了一批真正的粉丝。

之前的嘲讽和谩骂，渐渐被支持的话语一层一层地刷了下去，就连当初那个“洗脚婢”的高赞回答也改成了“讲真的，我有点明白路总为什么会看上她了”。

宁导对此也很满意。

我的存在为电影在宣传期内拉到了一波免费的热度，节省了剧组前期很多的宣传费用，这真的是一笔很合算的买卖。

因此，我的角色，算是彻底不怕被人截和了。

接着，我投入了紧张的拍摄之中。

女主角的人选最终还是落在了我当时在剧组见过的、那位走清纯人设路线的女演员金然身上。

不得不说，宁城的眼光真的很毒辣，金然身上独到的青春气息，的确十分适合这个角色。

她是去年刚毕业的学生，今年才二十二岁。一毕业就能在宁城这种名导的电影中担任女主角，未来的星途可以说是一片坦荡了。

这大概就是我一直羡慕的人生赢家了吧。

宁导之前就已经和宣传经纪以及助理沟通过了，海报拍摄的时间定在下周。然后按照角色表的顺序，倒序从配角开始，一张一张地往外公布。

江烨海报的形象概念是糜烂与冷艳的并存，服装师选择的好

我们人前恩爱 实际从未相爱

IDOL FANQUAN

#饭圈暗号竞猜大会#

主持人迟暮：饭圈用语博大精深，为了证明我们走在潮流最前端，没有落伍，是时候真刀实枪杀一场了！

年糕（资深饭圈选手）：来呀！错一个算我输！

抢答开始！

迟暮：kswl

年糕：嗑死我了

迟暮：npy

芒果：男朋友

迟暮：你们怎么都知道 

试试这个——nsdd

芒果（呵呵）：你是对的，入门级好吗

迟暮：我觉得不是我的题目简单，是你们太专业 

蛋壳（专注剧本无暇混饭圈的码字机器）：不，对我来说非常难！

迟暮：zqsg

年糕：真情实感

（作为一个主持人，题目居然被嫌弃了，仙女们开始砸题吊打……）

二糖：awsl

年糕：啊我死了（阿伟死了）

迟暮：

二糖：wfjj

迟暮：

琵琶（一个沉迷于自身颜值不追爱豆的美妆博主）：这都是啥玩意！

年糕：唯粉姐姐

迟暮：我就是个垃圾 

不对对暗号就不会发现，原来身边有这么多快乐的追星少女。

至于后来的“yxh”“lllllllb”“lz”“ooc”……

我只想说饭圈有你们，了不起！

我去恶补了，鱼儿们，你们都会吗？下期见～

Circle of rice girl
My idol is the best

苏幸安 著
3千万读者追捧的爆红校园文
《不愿悄悄喜欢你》
再续甜·蜜·爱·情
校园初恋
不愿悄悄恋着你
书赠 随附
『悄悄与陆骁的秘密约定』任意四款（一共八款）
3千万读者追捧的爆红校园文
《不愿悄悄喜欢你》
再续甜蜜爱情
陆学神甜宠升级
/ 定价：39.80 元 /
不愿悄悄恋着你
陆学神甜宠升级
全方位360度无死角宠溺俏俏小学渣
陆骁：“有我在，你不需要长大，只负责开心就好，剩下的都交给我。”
另增余笙与唐青瓷别样暖心恋情
——双色印刷，精致呈现

编辑猫冬

为了盖楼，连很久不联系的相亲对象都联系了。卑微得像是淘宝客服：“亲亲，能麻烦你帮我点一下吗？拜托了！”

然而，辛辛苦苦盖出了世界高楼，好不容易将喵铺升到满级，结果忘记开奖时间。

一场空……

编辑魏归期

学渣版双十一：不想盖楼、不想做功课、不想算优惠券。

双十一当天——“您没有红包领取资格”。

发现大家都领到了回血红包，而我，开机关机好几次，甚至重启 wifi，试遍了小号。然后被告知，这是学霸们才能拥有的红包，我等学渣不配拥有！

淘宝客服在吗？我被阿里巴巴针对了！

编辑喵团

为了不浪费 19.90 元的红包，勉为其难凑了四百块的东西。

可气的是，付款的时候有两个满额赠品可以选择，我犹豫了一秒该选哪个，选完之后，页面弹窗告诉我——“赠品已抢光”！

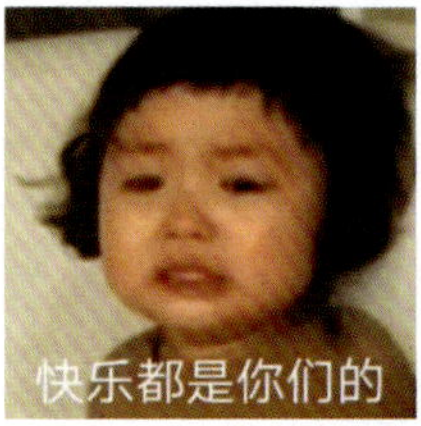

编辑芒果

双十一之后——

“四大皆空”的我。

众编辑：有被内涵到。

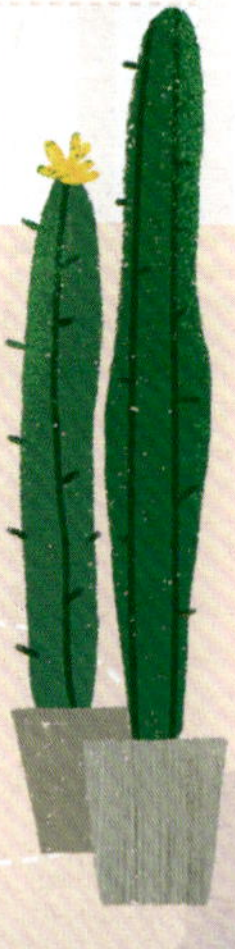

结束语：

小可爱们，你们的双十一发生了什么好玩或者新鲜的事情呢？各位民间高手，成功薅到马云爸爸的羊毛了吗？

甜宠+武林，《恋恋江湖》高糖来袭！

无厘头爆笑追剧最“快落”！小编现在就带你嗨起来！
武侠爱情轻喜剧《恋恋江湖》由籽月同名小说改编、爱奇艺出品。
本剧讲述了花痴女主于盛优（姜贞羽饰）一心想嫁个如意郎君，千挑万选后嫁给了英俊潇洒的傻子男主宫远修（杨仕泽饰）的故事。

【友情提醒：全剧已完结，可以放心跳坑。由大鱼文化出版的同名实体书也已上市~】

由于这部剧太好玩太上头了，网友们也是脑洞大开，一起来看下《恋恋江湖》上过的那些神奇热搜~

NO.1 #男朋友的三从四德#

1.0版：

三从：未娶从母、既娶从妻、妻死自杀；
四德：对待妻子说不得骂不得惹不得打不得。

升级2.0版：

三从：娘子命令要服从、娘子出门要跟从、娘子说错了要盲从；
四德：娘子买买要舍得、娘子寿辰要记得、娘子梳妆要等得、娘子打骂要忍得。

NO.2 #恋爱三角形定理#

三个人可以一起生活、一起睡觉，还可以一起谈恋爱？（女主：其实我才是多余的那个吧）

深夜追剧不秃头，我嗑的cp太上头。你嗑的是哪对cp？我们下期再来讨论。

看多了王者们的双十一，带你走进学渣的世界！

花间集【17期】

编辑部日常

BIAN JI BU RI CHANG

双十一就像考试，勤勤恳恳熬夜做功课，
可考试时发挥失常了……
想重新考一次的肯定不止我一个！

在吗，试卷借我抄抄？

编辑琵琶

决定斥巨资（480元）给妈妈买条羊绒裤。

妈妈问多少钱，我善意地欺骗：“也就100多块吧。”

妈妈：“那给你外婆也买一条。”

我……迟疑半秒后答应了，然后想，都给外婆买了不给外公买吗？而且，最爱我的爸爸难道不配拥有？

咬牙付完四条的款，看着自己50块两条的打底裤……

胸前的红领巾更鲜艳了

编辑年糕

最近崇尚养生，喝一杯红枣枸杞热牛奶，定好11:55的闹钟，安心地睡下，准备零点再发挥自己真正的实力！

闹钟一响，我掀开被子准备战斗，再看时间，00:05？！（手机设定闹钟十分钟再响一次。）

购物车里一片灰……

编辑木鸣

双十一为爱买单，花了几千块买爱豆代言。

每天死守物流动态，就算是外太空打来的电话，也立刻马上接听，就怕错过快递小哥美妙的声音。

收到礼盒，第一时间查看有没有我心心念念的周边！没有周边，就算送再多赠品，它也不配叫礼盒！

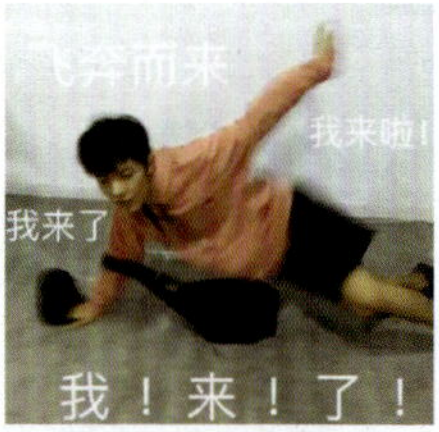

几套搭配设想都是风衣加红唇，或者是黑丝加红唇，但是宁导一直不太满意。

“总觉得少了些什么……”他总是这样喃喃自语。

这会儿，化妆师正喊我去试戏服。

我放下手里看到一半的剧本，站起身来：“好的，稍等。”

结果，还没等我走到门口，肩膀忽然被人轻轻地拍了一下。

我回头一看，居然是金然。

她有些期期艾艾地看着我：“卓尔姐，能聊聊吗？”

我一时不知怎么回答：“但是，那个，化妆师刚刚催我去看戏服。”

她恳求道：“就、就耽误你几分钟，可以吗？”

我思考一阵，然后交代助理：“跟那边说一下，我迟几分钟过去，有点急事，待会儿当面向大家道歉。”

“好的。”助理听完我的要求，先过去了。

我回过头，一只手搭在金然的肩上，笑眯眯地问她：“五分钟，可以吗？”

“嗯！”

看到她那丝毫不做掩饰的表情，我心下暗叹，我们的女主角，好像真的是一个不谙世事的孩子。

“什么事这么着急？”

等到了一个僻静处，我看着她。

她咬着嘴唇，似乎是在纠结到底该不该说。

我知道，现在外界其实都在猜宁城新电影的女主角到底是谁，网传是一个从来没演过戏的新人，这就更是加重了众人的好奇。

然而金然也不完全算是新人了。因为她最近刚凭借一部青春校园题材的偶像剧走红，与她相关的话题在微博热搜上高居不下，完全是风头正劲。

或许是树大招风，她好像很害怕被人批评，外面越是把新人女主吹得神乎其神，她就越是害怕，连带着这几天的精神状态都不是很好，对台本的时候老是有点走神。宁导私底下找她谈了好几次，但似乎效果不大。

于是，我安慰道：“没事，你想说什么，直接说就是了。”

她猛地抬起头：“卓尔姐，我那个角色，你去演吧？”

“哈？”

突如其来的话把我弄蒙了。

见我一脸茫然，她才低着头，磕磕绊绊地说道：“宁……宁导跟我说……卓尔姐的演技特别好，而且本来你也是来参加女主角试镜的……如果我演不好的话，宁导说，就……就换……”

“就换我？”

她听到我这个回答明显瑟缩了一下身子，然后才轻轻地点了点头。

我明白了。

这姑娘不是找我有急事，而是在宁导那里挨了批评，找人撒娇来了。

我的天哪……娱乐圈里居然有人设和本人相符的神仙存在，也算是一个人间奇迹了。

宁城当然不可能拿我换她了，怎么听都是在假恐吓。我要是去演女主，那江烨这个角色怎么办？这个角色更需要演技，临时顶替的人哪有那么好找？

“别慌，宁导诓你呢。”我一巴掌按在了她的肩上。

虽然说实话，我真的很烦这种一天到晚不动脑子、只会撒娇的小姑娘。

但我还记得自己是一个前辈大姐姐。

于是，我只能露出满脸的假笑：“这样好不好，我先去化妆师那边，晚上我们一起来对台本，有什么不懂的地方我帮你？省得你再被宁导说？”

以她现在的年纪可能看不明白我其实不大喜欢她。

只见她眼睛一亮，然后拽住了我的袖子：“那，我去看卓尔姐姐试戏服可以吗？”

亲爱的，你现在应该去揣摩剧本，而不是跟我在这儿耗时间啊！

“都行。”

于是，我便带着这么一个小尾巴，进了摄影棚。

宁导和服装组的人全都围在电脑前，似乎还在讨论戏服的选择。

我一进来，他的眼睛就落在了我的胸口处。

被一个男人一直盯着胸，多多少少还是有些尴尬的。

我干咳一声：“您怎么了？”

他皱眉道：“现在的情况是这样的，我和服装组的人讨论了一下你的服装问题，我认为不合适的原因是，你有点过于丰满了。”

我一头雾水地看着他。

“江烨的形象设定是，身形的干瘪和妆容的艳丽进行正负极限对比。虽然你已经很瘦了，但是，还没有达到干瘪的程度。”

我相信任何一个女明星被人提出“麻烦你把你的事业线全瘦了吧”，估计都得当场宕机吧？然而宁城就这么大大方方地提出来了，还很理所应当的样子。

于是，我挣扎道：“裹胸呢？”

“不行，裹了你腋下可能会鼓起来，不好看。”

那没得选了。

宁导看着我，笑眯眯地问：“愿意为了这么个配角做出牺牲吗？”

我一阵头大。

现在才觉得，宁城真的很可怕。

他太懂我们这些人的心理了。

金然是刚从象牙塔跑出来从来没受过挫折的大学生，所以要用激将法，激起她的好胜心和自卑感，让她快速、主动地去学习进步。

而我是绯闻缠身的女明星，在拥有演技的同时，他也在观察，我到底能为角色做到哪一步？我是否能真正放下浮躁，沉下心来去诠释这个角色。

“我减。”

然而快速减肥的捷径只有一个——半断食。

按照江烨的角色要求，依照我一米六出头的身高，我的体重需要压到七十多斤左右，与我目前的体重有近十斤的差距。

我连鸡蛋白都被限量了，训练结束饿得不行的时候，助理就会拿出早早准备好的小番茄、小黄瓜给我啃，快要晕倒的时候，剧组的医生就会送我一针葡萄糖。

大概是看到我如此拼命，金然好像也慢慢回过了神。

看剧本的时间明显多过了从前发呆走神的时间，对台词的时候，那种尬演的感觉也越来越少了。

其实她那个角色选她真的是对的，本来就不需要刻意去演。

坚强孤僻的女大学生，她只要有自然的少女感以及本色出演就行了。

十五天后。

我拖着虚浮的脚步站上了体重秤。

35.1 公斤！成了！

我一高兴，差点眼前一黑晕过去，边上的助理和执行经纪人赶紧一人一只手扶住我，生怕我给摔坏了。

剧组的医生匆匆赶来，给我打了一针葡萄糖。

我挂着水，坐在椅子上等着来验收成果的宁导。

果然没过多久，他就抱着一堆设计纸，带着服装师一起来找我了。

“你看看这一堆设计纸里面，你能诠释得最好的是哪件？”

我拿出没挂针头的那只手一张张地翻过去，这些服装大都构思大胆，设计线条径直流畅。

我挑了挑眉，出声问：“江烨的服装构想怎么比女主角还多？”

“我不妨直说，凯瑟琳确实是我本人最喜欢的角色，最初挑中这个本子，也是这个角色吸引了我。”

我心头一动，似乎觉得这话有利可图：“那么，改成双女主，如何？”

宁导不动声色地笑着：“姜小姐贪心了。”

我微微扬了扬打针的手：“宁导可折腾掉了我半条命呢，没点补偿，我太吃亏了吧？”

他摇了摇头：“看来姜小姐真的很像凯瑟琳本人。”

我微笑：“我一直是演一个角色就像一个角色，双女主，考虑一下吧？”

边上忽然传来一阵快速远去的脚步声，我瞥了一眼，看到金然跑远的背影。

双女主的提议，她肯定听到了吧？

“姜小姐刚才伤了一个小姑娘的心啊。”宁导对着我耸了耸肩。

“这不是宁导想要看到的竞争状态吗？”我一脸无辜地望着他。

这些天，金然一到晚上就准时去我的房间报到，极其虚心地求我教她演戏。

她在我面前红着脸叨叨抱怨着：“卓尔姐……我其实在学校里表演课的成绩根本就不好……当时那个校园剧剧组来我们学校招人，我本来是陪室友去的，结果在镜头前面稀里糊涂地转了几个圈他们就选中我了。”

“扑哧——”一刀戳在了我的胸口。

“后来，那部剧演完，我也不知道为什么就忽然火了，然后我就莫名其妙地签了公司，又听着安排跑到这里来试镜……然后，导演就跟我随便聊了会儿天……又过了？”

“扑哧——”

想起我那天被冷咖啡灌到胃痉挛的痛苦，更扎心了。

我不知道该如何“安慰”面前这个一脸懊恼加无辜的人，说实话，我其实更想抽她一顿解气。

亲爱的，感谢上苍吧。

和你一起试镜的那些人，比你演技高出很多的比你老，年龄不合适；和你年纪差不多的，热度差了你几个档，没办法制造话题，太耗宣传成本。

刚好，这个角色还不怎么需要演技，适合你本色出演。

所以……

她还真是靠运气拿到的这个角色啊！

我揉着自己因为嫉妒而跳动加速的心脏，从牙缝中挤出几个假惺惺的字：“所以……亲爱的，你一定要努力，加油哦！”

……

“竞争对于一个没有太多表演经历的人，是最能察觉到压力从而快速进步的方式，一定要让她明白，她的女主角来之不易，稍有不慎，就可能被人换掉。光凭运气，可走不到最后。”

宁导看着金然跑远的方向，淡淡一笑。

“好气哦，拿病人当枪使。”我装作一副瑟瑟发抖、怀疑人生的样子，“小姑娘会不会以为我是恶毒的老巫婆，恨死我啊？哎呀，好怕怕。”

“那，我认真地考虑一下你的双女主提议？”宁导悠悠道。

我垂死病中惊坐起：“真的？”

宁导顿了顿，然后微笑道：“看看你镜头前的表现，我再决定要不要给你这个补偿。”

啧，小气。

第二天的海报拍摄现场，宁导站在监视器后面，望着镁光灯下，对着镜头摆 Pose（姿势）的我。

“有点端着了，给我点新的东西。”

最后定下来的是一套带些通勤设计的上衣下裙。上身是一字肩的短上衣，下身是及至脚踝的长裙。

服装师刚把东西交给我的时候，我其实是很意外的。

“我以为，您会选择，呃……带点暴露，或者偏性感的服装？”

怎么说呢？

在我的理解中，凯瑟琳有点类似妖女的感觉。

能够打上妖女标签的服饰，通常在设计上，多数是黑丝或是贴身款！

但这身装扮，恕我直言，它端庄到让我能穿在身上代表七仙女去参加王母娘娘的蟠桃会。

宁城导演显然也不是很满意。

摄影师拍了无数张样片，但是他的鼠标一直在点点点，没有一张能够让他停下拍板。

他皱着眉头琢磨了半天，让我把衣服还回来，然后捧着我换下的戏服，举到我面前。

“从图样上能看出什么？”宁导问道。

我有些尴尬：“呃……抱歉，我没接触过服装设计这方面……”

“不需要说出多专业的东西，我更想听听你自己的感觉，毕竟……是你来诠释它。”

我只好把两块布摊开在眼前，无奈地与它大眼瞪小眼。

上身的一字肩主色是莫兰迪灰，就是那种雾蒙蒙的淡水墨色，又有点偏灰蓝，延伸到领口的那一块，用的是过渡不大、颜色相近的暗银锦缎质地，用同色偏暗的线在上面刺了暗纹。

凑近时看不出来，但是一旦有强偏光打在上面，暗纹就会展现得十分明显。

绕领的黑色蕾丝显得有些绒绒的，颇有些像黑天鹅的羽翼。

下身的单层薄纱长裙，目测会有些透光，是深蓝偏藏青色，用白色印染了斑斑驳驳的星宿图样，但如果仔细观察就能发现，那些星宿全部都是冥王哈迪斯守护下的天蝎。

我把我的观察结果告诉了宁导。

他有些惊讶地笑了笑："作为一个女明星，你储备的知识点似乎有些超纲了？"

"我平时喜欢接触新知识。"我笑了笑。

其实，真相是，我总是喜欢去路子盛的书房里看书挑战他的底线。

刚结婚的时候，路总对付我还没这么驾轻就熟，我们俩三天两头就在"世界大战"。

他以前周末的时候喜欢缩在书房里面工作，因为架子上的书和资料都可以随时拿到。所以呢，我也就知道，周末如果要去找他，直接去书房就可以了。

打扫阿姨不在家的时候，我对他连虚与委蛇的敲门都懒得做，直接拿钥匙开了门。

他从电脑前抬起头，鼻子上架着一副金丝边框眼镜，视线隐藏在镜片后，看不分明。

"什么事？"

"来聊一聊我接下来的上升计划。"我开门见山。

通常，这句话说完会有两种情况出现。

一种情况是，他请我出去；另一种情况是，他被我气得自己出去。

不过一般后一种情况比较多。毕竟，我耐性好，不出意外的话，可以缠着他至少一个钟头。

总裁办的人比较生猛，周末也在疯狂加班，还拿电话疯狂催他们老板参加视频会议。

为了不让员工们看到什么奇怪的画面，路总基本上都会抱着平板电脑自己滚蛋。

于是，书房就成了我的天下。

他在隔壁开会，我无聊就霸占了他的位置，躺在椅子上看他柜子里的书。一来二去，从哲学到建筑乃至神话传说，我都学到了一点皮毛。

路子盛开完会从隔壁回来，见自己的位置被我占了，挑了挑眉开口："你要拿我的书当枕头睡觉用？"

我直接无视了那些声波攻击。

"路总，柜子里的书你看了多少？"

他的书都很新，不知道是保护得好还是大部分都没看过，摆在架子上做样子。

"基本上都翻过一遍了吧。"

我仰起头，视线沿着柜子整个扫了一圈，做了一个估算，手上的书差点飞出去。

三个大书柜，每个五层，一层能放至少三十本书。

也就是说，房间里面多达五百来本的书，他全啃完了？他是魔鬼吗?

作为一个艺术表演生，我捂着脸，流下了没文化的泪水。

从那以后，路子盛的书房就成了我的半个自习室。

在那里，我把我学生时代错过的知识，一一补了回来。有的时候碰上路子盛没事，他还会和我一起讨论今天看过的书。

本来以为只是为了在那家伙面前争一口气，后来我却发现，那些东西在我拍戏的时候发挥了巨大的作用。

看到的东西越多，思考得就越多。在拿到剧本之后，我能够去展现的东西也就越多——即便只是演着偶像剧。

说实话，当初我能够从宁城新电影的海选招募中单枪匹马杀进终选的三位女主角候选名单，那些书也帮了我很大的忙。

初次面试的时候，有一个面试官问我，该如何理解《面具》这部电影的名字。

我记得我是这么回答的。

“面具是一个掩饰物，有的人选择戴上，是为了逃避创伤；但有的人选择摘下，是为了宣告真相。”

这一段中二又带着点玄学的话居然意外地获得了面试官的青睐。当然，后来我知道了，那个人就是这部电影的剧本作者。

好吧，果然“中二”是作家群体特有的传染病。

“喜欢接触新知识的姜卓尔小姐。”宁导带笑的呼唤打断了我的思绪。

我回过神来：“啊，您继续说。”

“凯瑟琳这个角色需要外在的端庄和内在的诡谲形成对比，关键不在于穿什么衣服，而在于你的状态。”

我的眼角眉梢都写满了绝望：“宁导，你看看我的脸，还不够颓废诡异吗？”

净身高一米六三，体重只有七十斤，我想不到我还能怎么颓废……

两腮处原本饱满的苹果肌因为胶原蛋白的急速流失完全凹了下去，面部的颧骨向外突着，卸了妆仿佛是个外星人。

结果宁导托着下巴，仍旧在摇头。

“你去照照镜子，瘦是够瘦了，形象也对，但就是还没有抓住凯瑟琳的精髓，没有我第一天见你时的那种感觉了。”

第一天见面时候的感觉?

我开始回忆当时发生的事情，脑子里忽然灵光一闪。

对了，面试之前，我连着两个晚上没有睡觉，整个人都是晕乎乎的，正处于神经衰弱的临界点，仿佛下一秒就要得抑郁症。

难道……

身体上的病态还不够，心理上也要有那种身临其境的病态。

“抱歉，”我对宁导提议道，“白天的台本我照样看，但是海报先不拍，给我一周的调整时间可以吗，我保证给您一个想要的状态。”

我眼中熊熊燃起的斗志，与面上的颓靡形成巨大的反差，于是他点了点头。

“可以。”

我的作战计划开始了。

“从今晚起，你们轮流每隔一个小时给我打一个电话把我叫醒，叫不醒就去我房间把我推醒，然后和我聊十分钟。”

助理惊讶地张大了嘴：“卓尔姐，你……你不睡觉了吗？”

“我想体验一下抑郁症。”我斩钉截铁道。

于是，连续一周，我都是在半梦半醒间被强制叫醒，头一天比一天昏沉，不是困，而是精神上的极度压抑。

白天没事的时候就把自己关在没人的房间里，拉上窗户，遮住光，也不睡觉，就睁着眼睛注视着四周的黑暗。

我开始整天整天地不说话，别人和我说话的时候我即便再想回嘴也绝不搭理。就这样，我一点一点地把自己变得越发阴郁，以至于白天出现在片场，连助理都不敢轻易靠近我。

据她后来说，我那会儿因为自虐，头发大把大把地掉，虽然有在好好打理，但不光是发色还是脸色都变得极其暗淡，眼睛下面挂着蜡黄发黑的眼袋，整个人看上去十分阴沉恐怖。

“说真的，卓尔姐，那会儿你一涂那种大红色的口红，我都觉得你是刚吃完小孩没擦干净嘴边的血。”

终于，七天后。

我站在宁导面前，展示自己的任务成果。

旁边的金然捂着嘴，一副不可置信的样子。

七天的时间，我抹掉了自己身上最后一丝关于女明星光彩照人的影子。

现在，我就是一个钻研学问到濒临变态的女疯子。

宁城导演的眼睛明显亮了一下，当机立断：“灯光、摄影，快点！现在立刻就位，马上开拍！”

干瘪的女人对着镜子按压着脸上的粉，最后补上了一抹极深的鲜红，头扭转过来，猛地放大的眼中全是红血丝。她伸出舌头，表情迷醉地对着镜头，绕着自己的红唇一舔——

“咔！”

画面在此处定格。

第二天傍晚，官方微博公布了第一批定妆照，我的单人照片在一众配角中放大，置于正中心的位置，除女主角外，处在二番的位置。

“姜卓尔饰凯瑟琳·江。”

简简单单的几个字，在微博上激起了滔天巨浪。

“这是那个天天演傻白甜的路太太？”

“我特意戳了那个名字点进去！没错，是了，真的是那个姜卓尔的主页。”

“宁城牛啊！连这种旷世傻白甜都能调教成绝代妖花！”

“宁导牛啊！”

……

我一条条微博看下去，虽然大部分人还是在说宁城厉害，宁城会调教演员，但也有小部分人是对我表示了认可的。

“据我目测，姜卓尔可能为这个角色至少瘦到了七十斤左右，她胸口那一整片的肋骨都快凸出来了！”

“不是哪个女明星都愿意轻易舍弃掉自己的胸的。”

我捂脸，总算是有人注意到我的事业线没有了，呜呜呜，这波牺牲不亏!

手机响了一声。

我一看来电显示，是岳林打来的。

“最近过得挺辛苦，瘦得我都心疼了。”他边说边笑。

听到我的经纪人在笑，我觉得他应该不是很心疼。

“我总觉得你在心里说着这人活该。”

“是挺活该的，”他笑了一声，“谁让你那么干脆地拒绝我?”

“啧，心眼真小。”

“最近这一个月不跟着你，我向公司申请带新人了。”

“这么薄凉吗?才一个月没临幸你，你就叛变了?”我嘴里没边际地开着玩笑。

“我都三十岁了，总该换个新目标了吧?”

“劝你收敛，你要是把公司里路子盛的后宫们撩了个遍，他会震怒然后砍你头的。”

“那不是挺好的吗?”岳林笑着说，“这样你这个正宫不就没了情敌，还省事一些了吗?”

我点了点头，觉得很有道理。

“那你加油，我一定在背后为你摇旗呐喊!”

我们两个满嘴跑火车，互相开着玩笑。

“真好啊……”我感叹了一声，“你也终于可以去追求更好的工作机会了，按你的能力，再过几年肯定业内拔尖了吧？到时候合约到期了，可以让路总跪下来求你续约了。”

“那我一定会狠狠地难为他。”

“我也不错，宁城对我挺满意。”我对着话筒嘴里大言不惭道，“估计明年的金马金鸡红毯，我也能甩着六亲不认的步伐走上去了。”说完，我便哈哈大笑起来，活像村东头的二傻子。

“卓尔，”他忽然笑着打断了我，“你知道我和路子盛最喜欢你什么吗？”

我毫不犹豫道：“美貌。”

“……”

“好的，我正经，你说。”

“是一个人追求梦想最好的样子，”他轻声道，“卓尔，你就像我们的太阳。”

我笑了一声，垂下双眸，一字一顿道：“我知道。”

总有一天，姜卓尔会成为载入史册的女演员的。

我一直坚信着这一点。

跨了大半个地球，国内开始大雪封疆的时候，洛杉矶依然温暖如初。

南部临海，但是气候并没有比国内舒服到哪里去，反倒湿气重，又热又湿。

“电影背景在国内，我们为什么要留在洛杉矶拍啊？”有一次中午放餐休息的时候，我对着正拿着一根铅笔画分镜的宁导问道。

这位优雅又有才华的绅士导演轻描淡写地回了我一个特别接地气的答案。

“跨国经费太多，不划算。”

我嘴角一扯，名导也这么节省的吗?

不过后来当我得知我在戏里的每一件服装都是由 Carven（卡纷）的首席设计师定制的时候，我选择了闭嘴。

Carven 的戏服，代表着《乱世佳人》中的费·雯丽、《罗马假日》里的奥黛丽·赫本，它在二战后好莱坞的电影黄金时代，写下了浓墨重彩的一笔。

“不过……Carven 很久都没做定制了，它现在不是只做成衣吗？”我问道。

自从它的创始人 Carven 夫人于 1993 年退休之后，它的境况就与日俱下。当初能和 Chanel（香奈儿）一争高低的辉煌时代早已没落，它现在只能勉强维持昔日的荣光。

宁城的回答倒也没打算给我面子：“如果不是没落了，也不可能穿在你身上啊，你以为你是安吉丽娜·朱莉，还是伊丽莎白·泰勒？”

啧，这个英国绅士的嘴真毒。

“有道理。”

宁导放下手中的铅笔，抬起头微笑地望着我。

“不过我倒是觉得……没落的贵族，配上斗志昂扬的年轻野心家，这个组合，不也是极有艺术感的吗？”

我们正在美国当地一个高级中学的教室里取景，一群亚洲面孔坐在阶梯教室中，听我在台上讲课。

今天的戏份是剧本里江烨的第二次出场：

从受害现场被救，不到一个月，江烨就出院回到学校上课。

受侵犯的事情没过多久就传遍了学校，江烨堂堂正正地在校园中行走，却有很多人对她抱有异样的眼光。不光是因为她冷艳的外表，更是因为她外籍教师的身份。

同办公室的那些老师私底下对着她指指点点：“哎哟，人家是美籍华人啦，这个算什么，没准儿人家乐在其中呢！人家说啊，那些在外国长大的姑娘，就是开放……”

——仿佛她不是那个受害者，而是那个加害者似的。

江烨倒是不在乎这些指点，她只关心她的案例收集。

她大大方方地走进教室，看着台下这些用探寻的目光望着她的学生们，开始了今天的课程。

然而，这节行为分析学课程的内容，却令她的学生们大吃一惊。

“这是什么？”

我伸手解下缠在脖子上的白色围巾。

拿开覆盖在上面的织物，还没完全消肿的伤口便狰狞地露了出来，青紫的瘀痕，在碘酒的加持下，变得更加瘆人。

我才刚刚出院，这些东西是什么痕迹，不言而喻。

下面那群小子果然全都蒙了，一个个都低着头不敢看我，也不知道是不是在心里琢磨着：凯瑟琳老师不会受了一次打击，彻底疯掉了吧?

疯了？我才没有。

我在心底冷笑一声，在我看来，那些吃饱了闲着没事干的人才是疯子。

他们不会明白，随着连环杀人案的不断发生，尽快收集信息，帮助警察把真凶抓获，才是能够最快减少伤亡发生的方法。他们不敢去抓罪犯，却嘲笑我这个献身者，真是可笑至极。

我暴露着自己脖子上的伤口，从讲台上慢慢地踱了下来，一步又一步，每经过一个人，就能从后面看到一个黑漆漆的后脑勺。

一群没用的懦夫!

就这么点小事也能吓成这样?

我冷冰冰地对着台下扫视了一圈，确定没有人抬头看我了，这才优哉游哉地从包里拿出小镜子和我心爱的口红，微笑着补着妆。

下面传来一阵阵轻微的抽气声，我勾了勾嘴角，用余光往那边扫了一眼，立刻噤声。

以前也有人说过，我抹口红的样子就像嗜血的鬼魅。

但我以此为荣。

我对着镜子轻轻抿了抿唇，里面的女人颧骨坚硬、鼻梁高耸，极深的紫红色唇膏涂抹在两片瘦削锋利的嘴唇上，有如暗夜的两柄妖刀。

我觉得我是这个世上最美的女人，不是吗?

“啪！”我淡淡地合上手中的盖子。

前排的学生轻轻抖了一下。

“你们真沉默，”我轻轻一笑，“我可爱的小羔羊们，作为犯罪学的学生，当你们的亲人、朋友身上出现了这样的痕迹，你们也要像今天这般，一声不吭吗？”

下面还是一片沉寂。

终于，一只手高高地扬了起来，与她面上的阴郁冷漠全然不同。

我爱她面上与我相似的阴郁，但我更欣赏她瞳孔中隐隐燃着的，关乎勇者的火焰。

——鲜活的，热烈的，有如一颗跳动着的年轻心脏。

“咔！”

场记打了板，一整段的叙事长镜头结束。

我松了口气，就像吃人的女妖怪被抽走了力气，又变回了累得半死的姜卓尔。

都说狂热地喜爱着长镜头是文艺片导演的通病，刷奖起家的宁城自然也不例外。

所谓长镜头，讲究的就是一镜到底不能断。

一旦演员出错，浪费的不仅是胶卷，还有极其劳神的道具陈设。

一部电影里，每一个小物件的摆放，每一束阳光的折角，都是经过无数次的调试计算，才达到银幕上所呈现的最佳效果。

所以，我们要少出错。最好，不出错。

扮演女主角——阴郁女学生的金然此时已经累得快直不起腰。

因为她的演技发挥总是不太稳定，所以宁导很少在她的部分使用长镜头，采取的都是分拍剪拼的方式。

但是这个教室镜头是宁城的坚持，他要以此表达凯瑟琳的疯魔，以及女主角的勇气，所以金然就只能赶鸭子上架。

自从得知我可能变成和她平番的双女主，再加上群像海报上暧昧不明的站位之后，她就变得敏感异常。

对待所有的戏她都像打了鸡血一样的努力，生怕被我挤下去遭人耻笑。

宁导对此十分满意。

长镜头拍完，宁导让人告诉我，我今天的戏份结束了，让我回酒店好好休息一下，明天又是一场恶战。

我从助理手中接过明天的场次安排表一看，瞬间想捂脸痛哭。

——明天的戏份是把我从三楼扔下去。

终于知道宁城为什么放我假了。

吊一整天的威亚，以我现在的身板，大概会折断掉哪个部位吧?

“帮我联系好骨科医院。”我把场次表交还给助理，揉着眉心等化妆助理来替我卸妆。

然而，等来的却是她带进来的一束粉玫瑰。

“这是什么？”我看着她把花放在化妆台上，一脸不解。

“国内空运过来的，收信人填的是您的名字。”

我疑惑地拿起花束检查，忽然，神情一震。

粉玫瑰的中间，夹着一个我熟悉的，散发着古龙香水味道的白信封，上面用黑印泥盖着一个熟悉的“L”。

我的脸上露出微笑，原来是我那位老粉丝L先生又给我寄卡片来了，这次还附赠了我一束花。

不过，L是怎么知道我在美国拍戏的呢?

“路总寄的？”化妆助理笑着问，“我也看了节目，你们夫妻感情真好！这次来美国这么久，路总肯定是想你了吧？”

我的脸上露出了一个有些尴尬的微笑。

“不是，只是一个老粉丝而已。”

“这样啊……”她的神情看上去有些惋惜。

我笑了笑，拆开了信封。

今天既不是我的生日，也不是我的出道纪念日，L 为什么会忽然寄卡片给我?

然而……

低下头的那一瞬间，我的瞳孔内，却引发了一场惊天动地的海啸。

明信片上的画面居然是我和路子盛在泸沽湖畔亲吻的照片！

L 为什么会有这个?

这是还没有播出的节目，他不可能拿得到底片！

除非……

“哇，卓尔姐你还否认！这明明就是你和路总嘛……居然把这个做成明信片了啊，真的好浪漫哦……”

我顾不得化妆助理在我耳边的絮絮叨叨，匆匆起身出门。

翻转过来的刹那，我看到了密密麻麻的字以及最下面一行整齐的落款。戏剧性的意料之外，却又是想象得到的情理之中。

——L. 路子盛。

我的小傻瓜：

看到了你的新剧照，瘦了挺多。以后我不在身边，你要照顾好自己。继续加油，未来的路你可以走得更好。

离婚的日子我和岳林约在了今年九月份，那会儿你大概刚好拍完回国。相信在摆脱了我这个束缚之后，这一次的休假，你会过得轻松一些。

卓尔，还记得你在五华楼问我的那个问题吗？

你问我，你是否配得上最佳女主角的头衔？

现在，我给你回答。

我的小傻瓜，你一直都是。

卓尔，你会成为电影里的最佳女主角。

同时，我也感激你，曾经作为我生命中的最佳女主角出现。

你七年的老粉丝
路子盛

从来不在镜头后流泪的姜卓尔，今天终于抱着信纸红了眼睛。

人生如果是一出剪辑好的电影。那么它是什么呢？

喜剧？悲剧？还是一出荒诞讽刺剧？

我人生中最荒诞的一天诞生了，在今天，我知道了一个可怕而戏剧的事实。

路子盛就是那个匿名的“L”。

他怎么可能会是那个鼓励我的L呢？明明当初是他当着众人的面说我心机重、没有女主脸的啊?

可他为什么不会是L呢?

他用着卡片上附着的同款古龙香水，每年给白月光写着同款的黑色卡片，同样地了解我的每一次行程。

而那束粉玫瑰，和我在他房间花瓶里见到的那束，几乎是一个模子里刻出来的。

当初为了威胁他参加那个夫妻综艺，我和岳林还合谋去咖啡馆拍他的白月光，那时他的手里也抱着这么一束粉玫瑰，手里拿着一张黑卡片端详着。

桌子上的两杯咖啡，他一杯，对面那个空位一杯。

但是，直到他把花扔掉，空位的主人都没有出现。

因为，那个人就是我啊。

那时候我正躲在车里，手里拿着单反相机，琢磨着待会儿怎么给他安排一出仙人跳大戏，好让他倒大霉。

——就在他无望地等待着我，等我坐到他对面，拿起那杯咖啡。

姜卓尔，你真是个浑蛋，彻头彻尾的大浑蛋。

在我得意扬扬地用所谓的白月光威胁他的时候，在我趾高气昂地嘲讽他的时候，在我对着镜头一遍又一遍地宣告着虚假的爱意的时候，他在想什么呢？

视线向右边偏移的时候，他究竟想说的是什么呢？

我爱你吗？

不，大概是我恨你吧。

因为现在，我恨我自己。

我不知道我把自己关在房间里关了多久，也许是四个小时，也许是六个小时。我真的不知道。

只是当助理用备用钥匙打开我的房门，和剧组的一大群工作人员冲进来的时候，我发现，天已经亮了。

我红着眼睛，神情懵懂地望着他们。

助理见我没事，长舒了一口气："你吓死我了，卓尔姐，我还以为你在房里出什么事了！"

整理好脸上的表情，我揉了揉发红的眼睛，抬起头来笑着问她："你看看我今天的状态是不是更忧郁了？"

"啊……原来你是在调整入戏状态啊，卓尔姐你还真敬业……"助理放下心来，笑了，"放心，你现在的状态别说观众了，连我都觉得下一秒你会从窗口跳下去。"

我故作轻松："那就好。走了走了，都别围着我了，宁导那边该催场了。”

我站起身，挺直腰板。

难过完，愧疚完，生活终将推着你继续向前。

曾经是你人生中的最佳女主角?

我咬了咬牙，路子盛你这个王八蛋！把我折腾成了这副鬼样子，你还想有将来版本的最佳女主角吗?

我嘴角上的笑容却扬得越来越高。

“心情不错？”一进门，宁导就看到了我脸上变化的表情。

“嗯。”我点了点头，“不过待会儿在镜头前面，我会努力稳住那种忧郁感的。”

宁导笑着点了点头：“那我们开始吧。”

半年后。

“恭喜杀青！”助理在剧组众人的簇拥下，把鲜花递到我和金然的手中。

最后一场戏中，江烨为了保护金然饰演的女主角，选择自己抱着穷凶极恶的罪犯跳下了十八层高的大楼。

在男女主角震惊的呼喊声中，这位外籍教师说完了在本片中的最后一段台词——

“原来比起做研究，我还是更喜欢教那些小羔羊，真讽刺啊……”

说来也巧，这场戏也刚好是电影的尾声。

女主角接过了江烨的衣钵，也成了一名优秀的行为分析学教师，将自己的余生致力于培养学生和解救更多遭到侵害的少女。

接过捧花，我恍然从电影的世界中抽身，有一种隔世的错觉。

凯瑟琳·江的人生已经完结了，接下来，我要重新回到姜卓尔自己的人生中了。

“自我评价一下你在这部戏中的表现吧。”

宁城导演从监视器后面走过来，他刚看完回放，脸上带着笑，应该是效果不错。

我揶揄他：“您的表情已经能说明一切了。”

宁导比我，也就大个十岁不到，加上在一个组里拍了大半年的戏，我们也算是可以互相开点无伤大雅的玩笑的朋友了。

他耸了耸肩：“我的看法我自己知道，但我现在更想听听你自己的想法。”

我想了想，开口道：“很开心，也很刺激……就像是经历了一段完全不一样的人生，就像你说的，释放内心的野兽，去接纳不一样的自己，真的很有趣。”

“所以才有人说，自从电影发明了以后，人类的生命就至少延长了三倍。”

我顺口接道："然而说这句话的人，已经与世长辞了。"

"哈哈……又开始了，知识点超纲的女明星，"他笑着笑着，忽然慢慢地平缓下来，盯着我问，"说起他，你知道，他获得的最高荣誉是什么？"

听到他这么问，我的心忽然"怦怦"地跳了起来。

他的最高荣誉，当然是那座刻着金色鸢尾花的奖杯了。

那座充斥着文艺复兴时代无限浪漫的城市，因着这个金色的标记，将历史转变为永久的深情。

亲爱的佛罗伦萨，永恒的鸢尾花都。

火红的裙摆扫过教堂的石阶，塔夫绸包着的贝壳扣子，在阳光下闪着亮晶晶的光，少女洁白柔软的手指拨动竖琴，高坐在城墙之上，吟诵着象征爱与自由的《秘密》。

金色的鸢尾花，从它诞生之日起，就代表了每一个电影人心中关于艺术与自由的至高追求。

——这也是我一直以来所企盼的至高荣誉。

"电影已经确定了于明年五月份在金鸢尾电影节主竞赛单元参展，"宁导对着我一笑，"恭喜你，卓尔，你要走上艺术之都的红毯了。"

我用手捂着自己的嘴，喜悦的心情在心中溢满。

几乎是迫不及待地，我拨通了岳林的电话，向他转达了这个好消息。

“下半年开始，就得麻烦你去联系品牌方赞助礼服了，尽量挑选我们能力范围内最好的赞助方，许诺什么的给重一点也无所谓，明年的工作我会更努……”

“卓尔。”岳林出声，打断了我激动得有些加速的话语。

“怎么了？”我声音一滞。

“礼服的事情我会操心。现在是九月份，除了这个，你还记得自己有什么重要的事情要去做吗？”他提醒道。

九月份？

“离婚的日子我和岳林约在了今年九月份，那会儿你大概刚好拍完回国……”路子盛的信在我的脑海中一闪而过。

是了，拍摄结束，我和他约好的去民政局离婚的日子到了。

对面的岳林听见我半天没开口，知道我这是想起来了，便开口道：“这件事我虽然不太方便多开口，但是，终归是你自己的人生，该考虑好的，还是要考虑好。”

我的脑袋此时一片清明，没有任何的迷茫，此时的我，比任何时候都要清醒。

“嗯，我知道，我已经做好决定了。”

“那么后天上午，等你回国。”

“好，到时见。”

下了飞机，我带着助理，低调地从贵宾通道离开了机场。

《蜜月之约》后，我在国内收获了极多的路人好感，再加上这一年宁城剧组那边，路透的拍摄花絮不断，很多人都从现场流出的原声片段中看到了我的演技，我也算是风头正盛。

据岳林调侃，最近路总的微博评论和私信全关了，说是有不少我的新晋男粉丝跑去问他，他和我什么时候离婚，绝代妖花应该是大家的才对。

“路子盛那么小气的人，得气死吧？”我笑着问道。

岳林顿了顿：“不清楚……不过，二十七楼总裁办还有公关部，最近加班都挺频繁。”

我一哂，这个公报私仇的小气鬼……

从出口出来，我和助理两个人闪进了地下停车场。

说来今天也是奇怪，平时岳林都会在通道内等我，怎么今天我都走到停车场来了他人还没来。

不会是……说情感上放手，这人就连工作上都给我彻底放飞自我了吧！这臭小子，想扣工资是不是?

我一边暗自抱怨，一边对助理说：“找他的车牌号，看看躲哪儿了？”

助理点了点头，我掏出手机，想给岳林打个电话，让他按下车喇叭好让我看到他。

忽然，身后响起了一声关车门的碰撞声。

我以为是岳林，下意识回过头去。

“一年不见你还真是给我长本事了哈，岳……岳……”没说完的话，彻底卡在了嗓子眼里。

意料之外的男人倚靠在车门上，似笑非笑地望着我：“怎么不‘岳’了？”

我一时有些发蒙，路子盛怎么在这儿？大早上的不上班吗？

他慢条斯理道：“接下来我的行程很满，下午就要飞多伦多，至少得在那边待两个月，如果要离婚，那你得抓紧了，就这一个上午的时间。”

“岳林人呢？”

“你问你经纪人啊？”他笑了笑，望着我，“新带的艺人出了点问题，外派出差去了，估计你下一次进组前，不大有机会能见到他。”那张脸上明明白白地写着“我就是故意的，你能拿我怎么样”。

我微微一笑，我是不能拿他怎么样了。

谁叫，我喜欢这家伙呢？

路上，路子盛开着车，我坐在副驾驶座上，漫不经心地玩着手机：“路总，你这样虐待员工，是会被投诉到工会的。”

回来的时候，这家伙极其没有良心地把我的助理丢下了车，面上还带着笑，打着关怀下属的名义威胁人家。

“在国外待了这么长时间，很久没回家了，特许你今天放假，回家看看怎么样？”

望着路总隐隐带着一丝凉气的笑，我看到小助理的眼皮以肉眼可见的频次抖了抖：“谢……谢谢路总。”

“休假愉快。”车门被“嘭”的一声合上，发动机开启，他载着我扬长而去。

——只留下后视镜里站在原地发呆，一脸愣怔的小助理。

“工作日可以白放一天假，还是总裁特许，我认为她应该打一份报告到工会去给我唱赞歌。”他手里握着方向盘，边看路边说。

“那你呢？”我调侃他，“工作日不老老实实上班还想干吗？表演昏君啊？”

他勾勾嘴角：“那朕的爱妃打算先去吃饭还是先去民政局呢？”

我笑了起来：“路总你这样，弄得我们好像不是去离婚的，倒像是去结婚的。”

“反正结婚证也好，离婚证也好，都是同一个地方领的几张纸，领完一本再领一本，应该也是没问题的？”

“那样你会被工作人员以妨碍公务为由赶出去的。”

我们两人对视一笑。

拿到两个离婚证的时候，路子盛皱着眉，端详着手中的绿色本子：“到底是谁设计的颜色？这是告诉每一个离婚的人，自己被绿了吗？”

我挑了挑眉，还真是新奇的解释。

“天地良心啊路总，我可没绿你。”我高举双手，为自己洗白。

他伸手捏住了我的鼻子：“说谎都不打草稿，一个小时前还在那里跟我讨论你的经纪人去哪里了。”

这家伙下手重，我生怕自己之前做好的鼻头又给他捏变形了，赶紧开口：“好啦，好啦，我保证，以后绝对不会了！以后除了你，我谁都不想！”

他这才满意地松了手，嘴上却还是不放过我：“小傻瓜，你这么说话，对得起你手上的绿本子吗？”

我对着他眨了眨眼：“一个没有婚姻束缚的单身女性，对一个同样刚刚结束婚姻恢复单身的男性说这种话，我觉得哪条法律都不能判我有错啊？”

路子盛的嘴角高高地翘起，眉宇间融化着浓浓的暖意。

虽然谁都没有开口过，但是我们彼此都心照不宣。

他敢孤注一掷地自爆，打着离开的旗号来挽留我，我为什么不能亲手结束一段复杂而不愉快的过往和他重新开始呢?

我伸出手拽住他的领带，把他的头扯得低低的，然后踮起脚在他的嘴角咬了一口。

嗯，网友诚不欺我，路子盛的确是一块馥郁可口的奶油蛋糕。

“交代一下吧，路总，白月光和七年老粉丝到底是怎么回事？”

他舔了舔嘴角，戏谑一笑：“再来一下，我就告诉你。”

一旦到手就学会了得寸进尺。

呵，男人啊……

我磨了磨后槽牙，皮笑肉不笑地伸出手指，在他的嘴角暧昧地划过：“没问题啊，不过……我一向没轻没重的，要是在这里留下点什么痕迹，路总明天在多伦多的会，可怎么办呢？”

他眸色渐深，低声道：“诱惑我？”

我故作同情地点了点头：“嗯，而且你还吃不到，好惨哦。”

他一把将我拉近，垂下头望着我，温热的气息扑在我的脸上。

我笑吟吟地看着他。

“这次就先放过你。”他笑道。

我一脸无辜地对着他笑。

他给我讲了一个很长的故事。

故事里的我还是一个刚毕业第一次去参加试镜的女生，而他是刚自立门户成立 S&T 传媒的富二代。

我不知道明天在哪儿，而他却被昨天的光环挡到举步维艰。

他有做行业先驱的野心，但现实总是不尽如人意。劣币驱逐良币的市场环境下，即便有背景如路子盛，也陷入规则的泥淖中无法自拔。

正在制作的项目中已经定下来的合作演员，被联合出品人或者更大的投资方轻轻松松的一句话就给换掉。

“在你之前，我见过无数有野心却无实力的女演员，一边按捺不住欲望，一边又在虚假地清高着，浮浮沉沉，想要出头冒尖，最后反而越陷越深。”

那年的我看上去是那么的美艳而有攻击性。

“说真的，”路子盛不顾我的白眼，捏着我的脸，“你那时候长得真的太不讨喜了，活脱脱电视剧里的恶毒女。”

“闭嘴吧你！”

他一看到我就联想到了曾经无数的失败案例，半点好感都没有，直接说了过分的话：“野心写在脸上，心机太重了，我认为不适合女主。”

但是我的试镜却“打”了他的脸。

“我第一次见一个女人穿旗袍可以美到那个样子，就像是从老上海的十里洋场中走出来的画报女郎一样。”

我望着他，了然地笑道：“啊……所以你其实那时候就暗恋我了？”

他伸指在我的额头上磕了一下：“想什么呢？”

“还不承认，死撑……”我嘟囔着，“不过我那时候可是讨厌透了你。”

就因为这个莫名其妙的年轻制片方的一句话，我好不容易争取来的女主试镜就这么没了。不仅如此，我还被刚签下的小经纪公司雪藏了。

整整半年多没有任何经济来源，从学校搬出来之后，我不仅没钱，还没住的地方。

“说真的，路子盛，”我问他，“那之后没多久，你就开始给我寄卡片，肯定是因为愧疚吧？对吧？”

“岂止是卡片，下了班之后不回家，担心你住的地方不安全，还在附近买了房子每天守着你。那会儿公司都传，说我是不是在外面金屋藏娇了，连我爸妈都在问什么时候把女朋友带回来。结果被问多了，我好像就真的爱上你了。”他回忆了半晌，揶揄道，“都是你害的。”

我争辩道：“你也坑了我！一报还一报！”

“好好好，以后咱们慢慢互相还债。”他心满意足地抱着我，微笑道。

他说他想看看，如果没有人扶持，只靠我自己，我到底能走多远。

依着这个猜想，我一步一步艰难地往上爬，他一点一点地将S&T从一个小制作公司，做大到现在的娱乐龙头。

卡片不仅仅是在鼓励我，也是在激励他自己。

他看着我，就好像看到了那个怀着野心和不甘的自己。

别人只知道我在镜头前的光鲜，只看到了我周旋于绯闻和谩骂之间的从容，看到了我靠着丈夫往上爬的一面。

——没人知道聚光灯底下到底是什么，但是他知道。

“以前最糟糕的时候，我经常会想L到底是什么样子的，比如有一天真的见到真人了，我会怎么样。所以换句话说，我好像也暗恋了你许多年……”

他无奈地笑了一声。

“所以我们这些年到底是在兜什么圈子啊……”

“就是说啊……”

“那么，”他忽然道，“现在见到L先生本人，是高于你的期待，还是低于你的期待呢？”

我拿眼睛睨着他，看到他那一脸“求表扬”的样子，这人怎么就这么喜欢听好话呢？

那么，正确答案应该是——

“我很感激L先生，但我最爱的人，只有路子盛先生一个人。”

他笑了。

明亮的眼睛里好像装下了满天星，但是我知道，这片星不会挂在天空照亮所有人，它只为了我一个人而存在。

他的眼中只有我，一如我的眼里只有他。

除了彼此，无人可以替代。

- Part 8 -

逼婚大戏，结局上演

一年之后。

著名华裔导演宁城携新作《面具》回归国内市场。

作为今年五月金鸢尾主竞赛单元的得奖大热门作品，宁导演表示，在兼顾作品艺术性的同时，他也在商业元素方面，进行了更多的尝试。

“外界传闻您此次加重商业化的比例，是为了讨好国内市场的观众而无奈放低身段？”

发布会上，有记者举着话筒，上来就直接挖坑。

然而宁导不愧是个有风度的绅士，看不出半点被冒犯的样子。

“我拍电影本来就是给观众看的，讨好观众不是很正常的事吗？怎么变得我好像十恶不赦的样子？还是说在你们看来，我们艺术片导演拍不来商业电影啊？”

问题像丢沙包一样在宁城手里转了个圈，又丢回给了那个耍小聪明的记者，噎得他支吾半天都没说出个所以然来。

他总不能直接对着宁导说，我觉得你不会拍商业片吧？

我在一旁安静地看着戏，尽职地扮演着背景板。

实在是我最近处在风口浪尖上，能不开口引起那些记者的注意，就尽量不要开口。

上一场在首都的宣传会就已经很尴尬了，整个会场里的人，连宁城都被晾在了一边，所有的记者争先恐后地向我提私人问题，我那一句句强颜欢笑的“请问与作品有关的问题”显得那么苍白无力。

原因无他，就在半个月前，我通过工作室和 S&T 娱乐官方一起发布了和路子盛的离婚公告。

曾经在网上引起热议的童话故事如同泡沫般碎掉。人们都在议论，说再也不相信爱情了。

也有人提出质疑，说难道节目里的那些互动都是演出来的吗？

一时间，我们俩被推上了风口浪尖，炒作的质疑声越来越大。

路子盛跳过 S&T 娱乐官方，以他个人的名义发布了微博。

他说，她曾经是我最爱的人，如今依然是，并且是我最尊重的人。即便现在已经分开，但我相信并且祝福她，一定会成为最优秀的演员。

当初看节目的那群 CP 粉差点被这段深情的话惹哭，纷纷跑到我的微博下面，刷着“原地复合”的话题。

我哭笑不得地给他打电话：“喂，路子盛！你这样算是逼婚了吧？”

“我是啊。”他的回答坦然得让我想打他，“谁叫你让我等了一年都没有任何反应，我当然要采取行动了。”

我懊恼地抓着自己的头发，明明是我被坑了，为什么被他这么一说，我倒生出一种是我对不起他的感觉来？

“所以不想继续被坑的话，就得赶紧拿出些实际行动来啊，卓尔。”他温柔地威胁道。

……

“……就像这次饰演凯瑟琳的姜卓尔小姐一样，她也打破了固有的形象并且做得很好。我相信大家走进电影院之后，一定能从电影中发现这些。我也希望看完电影后大家能这么想：啊，原来宁城这样不食人间烟火的人，还有这样的一面。”

不知道怎么就被宁导提到的我也只得赶紧从放空中回神，还收获了宁城导演意味不明的微笑。

我浑身抖了一下。完蛋了，被宁导发现我发布会跑神了。

然而他眼神刚胁迫完，转回镜头，宁导又笑得一脸温润。

“姜小姐是我见过的最有灵气的演员，我十分看好她的未来。”

所有人都说，被宁城这般夸赞，我真是个一步登天的幸运儿。

没人知道，这个机会我等了近十年。

发布会之后，我收到了一束粉玫瑰。会这么锲而不舍地一直送同样的花的人，用脚趾头想我都能猜到是路子盛。

“为什么一直都送我粉玫瑰啊？”我把收到的花束放在酒店房间的花瓶里养好，终于忍不住打电话问他。

电话那头传来了某人的嘲笑声：“喂，姜卓尔，你是女人吧？为什么连这种花语之类的东西都可以完全不知道？”

“我是个成年人了，为什么要对那种小女生的东西感兴趣啊？”

“真是个无趣的老女人啊。”

我的额角绷出一丝青筋，我是不是上辈子欠了这个人的，这辈子还债来了？

“你有本事别娶啊。”我翻了个白眼，准备挂电话了。

对面的路子盛大概是察觉到了我的举动，连声道：“初恋！粉玫瑰是初恋的意思！”

我挂电话的手一顿，清了清嗓子：“我是你的初恋？”

虽然面上还是假装生气板脸的样子，但实际上我的内心早就被他取悦到了。

“卓尔，”对面的人温柔而虔诚地说，“你虽然不是我交往过的第一个女朋友，却是我的初恋。”

再加上他两年前未送出的第一束绢花做的粉玫瑰，连起来的话就应该是：

你是我永恒的初恋。

路子盛大概是这个世界上最会说漂亮话的男人了吧？他这张嘴要是拿出去骗无知少女，肯定一骗一个准。

可是偏偏……

我摸着自己跃动如擂鼓般的心脏，我还真吃他这一套。

五月十七日，金鸾尾电影节现场。

“下面颁发的是最佳女配角奖项，我们有请开奖嘉宾……”白人主持人用英文一字一句地念着颁奖词。

一部部入围电影的精彩表演片段，随着开奖嘉宾报到的名字，在大屏幕上滚动过去。

“我宣布，最后的得主是——”嘉宾将头凑到桌上的固定话筒边，“来自亚洲的，卓尔·姜小姐。”

全场掌声雷动，镁光灯扫到台下的《面具》剧组，只见宁城气定神闲地站了起来，在众人的错愕目光中走到了台上。

“为什么都露出这个表情，不欢迎我吗？”宁城开玩笑道。

台下哄笑声、口哨声、掌声连成一片。

宁城在好莱坞拥有很高的地位，并且，即便是在白人眼中，他也是一位无可挑剔的、极有魅力的男人。

宁城对着电视直播，微笑着向所有人宣布：“大家一定很好奇，在这种重要的时刻，我们今天的这位获奖者到底去了哪里吧？”

不光台下的观众，电视机前的观众也在期待着他的答案。

“我们这位未来的新星，正在努力地赶往人生中的另一个最重要的场合，我祝福她。”

此话一出，电视机前的CP粉们全部沸腾了，几乎是不约而同地猜到了答案，纷纷奔向微博。

“童话CP，复合万岁！”

我端着手机，边看边奔向电梯。

一下飞机，我便马不停蹄地往地址上标注的酒店地点赶。

这场直播大戏确实是我和宁城一起策划的，但要说始作俑者嘛，自然是我现在万分想恋的某位路总了。

这件事还要从三天前说起。

金鸾尾颁奖的前三天，我和岳林刚刚抵达戛纳，还没来得及倒时差，岳林就以一种十分无语的表情把手机递给了我，还附上了言简意赅的一句话：“还是头条。”

我正琢磨着难道我刚离开祖国的怀抱，就有哪个不知死活的小妖精强拉着我家路总上头条了？

结果一看，白眼差点没翻到天上去。

“这个男人敢不敢再幼稚一点？”

旁边的岳林也是一脸忍不了的表情。

“卓尔，你还是赶紧把这个历史遗留问题给解决了吧，不然再这么闹下去，我怀疑四十岁之前我就会患上高血压的毛病。”

路子盛这家伙在接受采访的时候高调宣布，自己马上要订婚了。

“是外界盛传的，您要和姜卓尔小姐复婚了吗？”记者问道。

结果，视频里的那个家伙露出了一个高深莫测的笑容：“到时候就知道了。”

不肯说出订婚对象的名字，但是那家伙把订婚酒店的地点还有时间，全部都对着镜头说了出去，还别有深意地看着镜头。

“到时候，欢迎大家光临我的订婚宴。记得，千万别迟到啊。”

订婚宴的时间，和金鸾尾颁奖的时间，是同一天。

我握着手机沉默了半晌，才转头问岳林：“我的刀呢？”

“冷静一点。”岳林赶紧按住我。

我懊恼地拿头去撞前座的靠背：“我到底是得罪了哪路神仙才会喜欢上这么一个妖怪啊？”

岳林干咳一声，淡淡地给我补了一刀：“‘路’都是你自己选的，卓尔。”

对，我得冷静下来，先想对策。

首先，路子盛那个神经病那边是不能不管的。

我敢打赌我要是不搭理他，这家伙就真的敢在大街上随便拉一个人进去订婚，等我回国就是一顶绿得发亮的大帽子。

在凌厉果断这方面，路总排第二，没人敢排第一。

那么，金鸢尾那边就只能……

第一天的红毯结束后，是交谊酒会。

在我第八十次端着酒杯打宁城导演旁边故作无意识地经过时，他终于开口了：“姜小姐在会场迷路了？”

听听这个绅士一脸微笑的嘲讽腔。

“是啊。”我厚颜无耻地胡说八道。

他微微一笑，完全看穿了我。

“那，姜小姐想去哪桌呢？我送你？”说着，他就要来挽我胳膊。

我赶忙向旁边躲闪。

会场里全是记者，这要是被拍下来传回国内，家里那个还不得气得把天翻过来?

“哦，姜小姐有求于我。”宁城收了手，好整以暇地抱着胳膊望着我。

我的脸上挤出一丝虚伪的笑容：“宁导，我听说，金鸾尾的奖杯似乎可以代领，是吧？”

他惊讶地望着我：“姜小姐这么自信?我来了这么多回都不知道自己能不能获奖。姜小姐第一次来，就已经把奖项视为自己的囊中之物了，还真是初生牛犊不怕虎啊。”

我只好赔着笑脸：“宁导误会了，我的意思是，如果我不小心获奖了，就劳烦您……”

“那么，姜小姐去处理私事，把这个露脸的重活交给了我，我又能得到什么回报呢？”他直接打断了我，提出交换条件。

我颔首：“什么回报都行，只要您开口。”

他对着我勾了勾手指，示意我凑过头去。

我附耳过去，宁城在我的耳边低声说了一番话，我的脸色一点点地凝固起来。

“行吗？”他笑眯眯地问道。

我扯了扯嘴角：“您老实跟我说，这角色是不是没人敢接？”

他颔首：“起码我所熟知的可以扛起主角热度的华人籍演员，

是没有人愿意接的。”

“我要是被封杀了怎么办？”

“你可以借口进修去国外发展几年。”

“成交。”

就这样，我放弃了出席金鸾尾的颁奖现场，还用一个未知的获奖可能交换了去出演宁城新戏中一个极有争议的角色。

虽然横竖都是我吃亏，但是为了路子盛，我心甘情愿。

当我气喘吁吁地跑到三楼的宴会大厅时，却发现，里面空无一人。

“路子盛！你这个大骗子！骗我回来，你人呢？”我气得忍不住踹了一脚旁边的大门。

“这么久不见，不但没以前温柔可爱，你怎么还变暴力了？”一道揶揄的声音自身后响起。下一秒，我就落入一个有些冰凉的怀抱中。

“你又要什么花招？”我低声道，“你知不知道，为了你，我不但翘掉了自己人生中第一座金鸾尾，还答应了宁城的变态条件。”

他站在背后，把头搁在我的肩膀上：“那你知不知道？我在这里等了你整整一天，外面风那么大，我都没敢离开天台一步，就怕错过了你。”

他的声音有些沙哑，还带了些低沉的鼻音。

都说女人撒娇可怕，其实男人撒起娇来就更可怕了。

我心中白旗高举，无条件投降。

“你的订婚对象呢？”

他的声音中带了些骄傲而又得意的笑：“就知道随便放个消息逼你一下，你就会忍不住现身。姜卓尔，你还是跟以前一样，野心写在脸上，永远沉不住气。”

我笑了，挣脱他的怀抱，反唇相讥：“你怎么知道我沉不住气？”

在他惊讶的目光中，我从脖子上摘下当初留下的那枚男士戒指，告诉他：“其实我早就计划好了，沉不住气的人是你，你连戒指都扔了。”

然而，他只惊讶了一下。紧接着，他就从口袋里掏出一枚一模一样的女士戒指，摊在我面前。

“看来，彼此彼此。”他笑着说。

两个老妖怪，就是这样从不开口，暗地里互相作妖。

他举着手里的戒指，在我面前跪了下来，一如几年前我们假结婚时那样。

只是这次，同样的人，同样的景，心境却全变了。

这一次，我们的面前没有摄影机，有的只是互相吸引的两颗心。

“本来想给你买新的，但是想想还是这枚戒指的意义更为重大一些，当初如果不是假结婚这一招，你大概永远也不会爱上我吧？”

我伸出手指，故作不耐烦道：“说这么多没用的，你到底求不求婚啊？”

他抬头望着我，郑重其事地问：“卓尔，重来一次，你还愿意嫁给我吗？”

我的心慢慢地平静了下来，里面被全部的幸福和感动所填满。

“我愿意。”

他站起身，将那枚戒指，重新套在了我的无名指上。

“这一次，不要再轻易反悔了。”他举着我套上戒指的手，笑道。

我举起空着的那只手，一根指头一根指头地掰算着。

“日久生情、欲擒故纵、请君入瓮……这么一招一招地全都用过了，”我偏头，笑着问他，“还差什么？”

他伸手捧住我的脸，与我额头相抵。

“还差……还差白头偕老。”他垂下头，吻住了我。

我们从来不是童话，我们一向互相折磨。

——直到白头。

— 番外一 —

岳林篇 ‖ 过往

“艺人面试区在隔壁。”女人望了眼面前的男孩，便低下了头，开始收拾起了桌上散乱的档案。

虽然他们只是一个很小的经纪公司，在业内半点名气也没有，大部分情况下，他们签约的艺人只能去歌手的 MV 里出演一下男女主角。

嗯，而且还是那种没什么名气的歌手。

要么就是各大电视剧里的男女配角或者电影里的龙套。

但即便是这样，每年还是会有不少怀揣着演艺梦想的傻小子、傻姑娘被猎头们盯上，然后给介绍到这里来。

面前这个傻小子长得就很不错，也不知道是被哪个有眼光的猎头给骗来的。

“抱歉，我是来应聘艺人经纪的。”

男孩局促的话音刚落下，女人就瞪大了眼睛，不可置信地抬起头看着他：“艺人经纪？你？”

男孩被她盯得浑身发麻：“有什么问题吗？”

实在不是女人一惊一乍，只是这个男孩生得真的很好看。

精致的眉眼，锋利的五官，再加上一双五指修长、骨节匀称的手，即便是丢到哪个男团里面去，他也能坐上里面的门面担当。

女人精明的目光在他的身上溜了一个来回。

要么……先通过了他，到时候再想办法让他出道做艺人赚钱？

想到这里，女人点了点头：“行吧，你过了。”

这就过了？男孩的脸上露出一丝不可思议。

“那……接下来我的工作是？”

女人琢磨了半天，想起了一个可以暂时稳住他的理由。

她带着男孩，顺着长长的走廊七拐八拐，终于在一间有些老旧的办公室门口停了下来。

“开门吧，这就是你今后要带的艺人。”

男孩迟疑着推开了门，一进门，就闻到了一股浓烈的老坛酸菜牛肉面的味道。

一个年轻女孩坐在办公桌边，手里的塑料叉子正叉着一根火腿肠，刚刚才咬下去了一半。

她艰难地把嘴里的食物咽了下去，这才开口问："刘姐，你怎么来了？"

女人皱了皱眉，似乎是很不喜欢她这副样子。

见女人半天没回话，又看了一眼旁边局促站着的男孩，她好像迅速明白发生了什么事。

丢下手中的叉子，她便极为热情地走过去握住了男孩的手，笑容满面地揉了揉："这位难道就是我的新经纪人？"

女人见她这么配合，心中的不喜压下去了不少，点了点头："嗯，你这么久没工作，刘姐就给你介绍了一个新的经纪人，以后他负责带你。"

男孩正被女孩那柔软的小手弄得有些恍惚，见状赶紧回神松开了她的手。

"你好，我是岳林！"

女孩望着他局促不安的样子，扯了一下嘴角，笑了。

合着刘姐这次是骗了一个纯情少年回来啊？

于是，她也点了点头："你好，我叫姜卓尔。"

见两人已经互相认识过了，刘姐给姜卓尔使了个眼色，示意她稳住男孩，姜卓尔暗暗对着刘姐比了一个“OK”的手势。

“嘭！”办公室的门从外面被关上。

姜卓尔面上的笑容霎时全部消失不见，她冷冷地嗤了一声，然后就走了回去，继续吃她的方便面。

屋子里只有一把椅子，岳林只能尴尬地站在一旁，看着她吃。

姜卓尔头也不抬地道：“你要是站着累，我不介意你坐桌子上。”

岳林尴尬地搓了一下手：“呃……等你吃完，我们来了解一下你之后的行程还有档期的规划……”

“随便。”姜卓尔已经收拾好了吃空的泡面盒子，把它扔进了垃圾桶。她连半口汤都没剩下来。

“我行程和档期全都是空的，”她示意他看看这间堆满了杂物，明显半废弃了的办公室，“睁开你那迷茫的小眼睛看看周围，这里像是有行程的艺人的办公室吗？”

岳林一愣。

姜卓尔笑了一下。

她刚才是为了不得罪那个经纪人主管才假装答应下来的。

这么漂亮的一个小男孩送进来，以那个刘姐的脾气怎么可能让他安安稳稳地做经纪人呢？明显是想把他拐到哪个十八线男团里面去。

“我劝你，待足今天就赶紧走吧，”她转过头，一双眼睛有些空洞地看向窗外，淡淡一笑，“在这种地方，是没有未来的。”

岳林有些愣怔地望着她。她的背影是那么无奈与悲伤，但回过头来的时候，又只剩下了戏谑。

“干吗露出那么奇怪的表情啊？”她笑着走近几步，伸出手指不安分地在他的脸颊上捏了捏，“皮肤挺好，当什么经纪人啊，做偶像多好。”她笑嘻嘻地看着他，仿佛心情很是愉悦。

“你看上去好像没有面上表现的那么开心。”他鬼使神差地，说出了这么一句。

“嘘——”一根手指横在了他的嘴边，姜卓尔笑起来，面上的色彩显得更加浓艳了，“不要试图看透未来的影坛巨星哦。”

这么大言不惭的话，和现实的脏乱破败形成了强烈的反差。

但看着那双明亮的眼睛，不知道为什么，他就是想选择相信。

“抱歉，卓尔，我……”

他低着头站在姜卓尔面前，以一个背叛者的形象再度回归。

然而，她只是缓慢地用手搅动着杯子里的咖啡匙，并且保证它们不会和杯子碰撞，发出任何不和谐的声响。

然后，沉默了许久。

空气凝滞得他几乎快要窒息，但就在他快要喘不过气来的时候，对面的人忽然开口了——

“宁紫妍的未婚夫长得帅吗？”

“什么？”他一时没反应过来。

姜卓尔拿眼睛瞪着他：“拜托，您老人家跟了她三个多月，这么点八卦都没搞到手？这业务能力也太堪忧了吧！”

事实上，宁紫妍有没有未婚夫他不知道，但是这三个月她倒是经常有意无意地往他身上凑，做出一些超出艺人与经纪人工作范畴内的举动。

三个月前，被原公司雪藏许久的姜卓尔忽然接到了来自近期风头正盛的娱乐公司——S&T 娱乐的橄榄枝。

据艺人部的负责人说，他们是之前在试镜会上无意中看到了姜卓尔的试镜表演，虽然无缘角色，但是姜卓尔本人在他们眼中还是极有培养价值的。

姜卓尔毫不犹豫地选择了跳槽。毕竟，她不但被雪藏，经济来源还断了半年。跳槽的时候，她还不忘带上岳林。

“走吧，你还真打算待这儿被卖到哪个男团去啊，跟着我一起签进去你才有继续你的经纪人事业的可能。”

两人一起进了公司，但岳林却被同公司的女星宁紫妍看上了。

“卓尔，要不要换一个新的经纪人？”宁紫妍笑吟吟地问。

“那你要问问他肯不肯，我是没什么意见。”

刚进 S&T 娱乐，脚跟都没站稳，她才没傻到跟一个一直待这儿的地头蛇抢人。

本以为岳林这小子多多少少会讲点义气，没想到那小子直接就点了头。

也是，宁紫妍也算是小有名气的二线女星了，怎么看都比跟着自己这个十八线有前途。

“行吧，祝好运。”姜卓尔默默感慨了一句“人心凉薄”就挥挥手放人了，相当之潇洒。

结果没想到，三个月不到，这家伙又回来了。

“宁紫妍她……”话到了嘴边，岳林又觉得自己说不出口了。

该怎么说呢?

是告诉她宁紫妍其实对他的工作能力并不感兴趣，她真正有兴趣的只是他的脸而已吗？这样说的话，会被她笑死的吧?

姜卓尔却好像一眼就看穿了他，鄙视道：“好好一个大男人，支支吾吾的。”

……

“走，”姜卓尔丢下了手里的咖啡勺，“下午有活动，咱们去机场转一圈，发个街拍通告。”

“啊，好……”

姜卓尔又回过头，邪恶地打量了他一圈：“果然啊，别的女明星虽然街拍的衣服好看，但我带上你就能吸引一波眼球，还真省衣服钱。”

……

“别那么死心眼嘛！”姜卓尔对他一笑，灿烂如午后的阳光，“只要能发挥到作用，不要在意太多细节。结果和过程，咱们选结果就行了，要不活得多累啊！”

毒鸡汤女王又来给他灌输这种理论了。

不过，他却意外地十分受用。

“好，以后我就陪着你一起！只问结果，不问过程。”

— 番外二 —

姜卓尔篇 ‖ 舞台

我生在这个舞台上，最后，也终将在这里消亡。

美的意义究竟是什么？是恒久的青春保鲜，还是被岁月侵蚀后的破损容颜？

姜卓尔握着手中的剧本，回想着宁城刚刚向她提出的问题。

金鸢尾电影节之前，她和宁城约好的新电影，现已开拍一周。

当时在宴会上，宁城附在她耳边对她小声说：“我希望你能接一个新角色，但是出于剧本内的一些不可控因素，或许会影响你的星途，你慎重考虑一下。”

宁城导演当时说得煞有介事的，虽然她有点儿担心，但是当时她已经被路子盛逼到了悬崖边上，情急之下，不得不应了下来。

结果，在看到《归途》的完整本子之后，她整个人兴奋到半夜睡不着觉，跨了十三个小时的时差给远在大洋彼岸的宁城导演打电话。

“宁导，之前谈的还算数吗？”

宁城那边声音有些嘈杂，不知道是不是在工作现场，但是她还是能清晰地听到他的回话：“剧本都给你寄过去了，姜小姐，你说呢？”

“谢谢宁……”

话还没说完，边上一只手从被子里伸了出来，夺走了她的手机。

路子盛半睁着眼，似乎刚被她吵醒，声音听上去有些不满：“半夜不要聊工作，好好陪我睡觉。”

“好啦好啦，知道了。”姜卓尔笑了一声，然后乖乖地躺回被子里，缩进男人的怀里。

腰上的手臂紧了紧，路子盛的气息离她极近。

“我们都这么久没见了，你还要大晚上的给别的男人打电话，不怕我吃醋啊……”

“不怕。”

她皮了一下，然后脖子上就被人不轻不重地啃了一下。

“嗯？”热气扑在脖颈间，隐隐有些危险。

“好好，我怕。”为了自己的人身安全，她觉得自己还是先举手告饶比较好。

反正，路总在床上说的话，都不用当真，左耳进右耳出就好。

毕竟，《归途》这部戏就是他投资的啊。

她可没忘记路子盛没睡觉清醒的时候，那郑重其事的威胁口气：“既然宁城选了你，我也没什么意见。不过你要是掉链子的话，作为投资人，姜卓尔，我可以随时换掉你。”

——这是在S&T娱乐的总裁办公室里，她和岳林两个人，一人站一边，在路总面前老实听训时的话。

按照她对路子盛的了解，这句话百分之百出自他的真心。

《归途》这部戏讲述的是一个忘记了过去的女人，依照着脑海中模糊的记忆，寻找故土的故事。

至于宁城说的不可抗因素，大概就是剧本中涉及了女人忘记过去的原因，和十年动乱有关。

“这种题材还是有些敏感的。不过，上映虽然有点难度，但是，我认为这部片子拿下主流奖项，是没有任何问题的。”

确实如此，因为剧本所探究的点，并不在于过去的苦难本身，而在于一种探究的人生态度。

漂泊的旅程原来没有终点，归途或许从未存在，但是——

那个经历了无数磨难的女人，仍旧可以抬起头，面对着新一天升起的太阳，感受新生的光芒沐浴在身上的，岁月的温柔。

正如她最终告诉路人的话：“其实，终点在哪里并不重要。我只知道，我生于苍穹之下，也终会归于山水之间。”

“准备好了吗？”宁城对着正在补着脸上的晒伤特效妆的姜卓尔问道。

“嗯。”

“我希望在这个长镜头下，你脸上的每一条皱纹都是值得欣赏的。”他说完最后一个提示，站回了机器后面。

脸上的每一条皱纹都是值得欣赏的？

姜卓尔闭上了眼。

叶芝在诗中表达，年轻时的美貌终如昙花一现，爱情会逝去，人生的尽头处，却是作为一个朝圣者：

步上群山，回看脚下，追忆当年。

当到了人生的尽头处，她会做什么呢？

她缓缓睁开了眼，她的目光有些愣怔出神，却有沉沉岁月的温柔在眼中积聚，然后又凝散开来。

十八岁少女时期的她将脸藏在一株百合后，笑弯了嘴角，四十八岁的她唇边漾开一抹温柔的弧度。

“原来，我早已找到了归途。”

她在镜头前久久伫立，如同圣殿中的玛利亚雕像。

“……她老了之后，或许会是这世上最美的女人。”宁城盯着面前的监视器，喃喃道。

“她当然是。”

背后忽然多了一个人的声音，宁城转过头去，看到来人，一笑。

“路总来视察我们的进度来了？”

路子盛听出了他口中的调侃，正大光明地反击了回去：“不，我来接老婆下班。”

刚跟妻子领完离婚证没几个月的宁城不动声色地笑了笑：“好，那我争取早点拍完解散。”

——然后拍到了凌晨。

姜卓尔看着升上天空的启明星，哭笑不得地望着宁城：“导演，您之前不是说今天早点收班的吗？”

“之前的两个长镜头，我觉得重来一次你能表现得更好。”

看着宁导一脸的真诚，姜卓尔只好相信他的专业素养，把那句“太费胶卷了吧”，从嘴里咽了回去。

承担全部胶卷钱的某人从休息区的椅子上站了起来，脱下身上的西装，盖到了她的身上：“赶紧回去休息吧，拍了一天了。”

“你去忙你自己的事吧，不用等我。”姜卓尔望着路子盛略显疲惫的脸，有些心疼地揉了揉他。

“我顺道过来看看进度，毕竟，这也是下半年的大项目之一。”

姜卓尔对着他眨了眨眼：“路总选我做女主角，绝对不会后悔的。”

路子盛望着她，笑着说：“我当然知道。”

事实上，她已经做到了。

《面具》的上映，让影评人将她列入了影视界十大被业内低估的演员之一。

姜卓尔坐在路子盛车的后座，翻着花瓣APP（软件）上的《面具》影评。

“……不得不说，宁城是一把真正的掘金铲，即便是埋在深山里最不起眼的原石，他也能从里面一刀剖出翡翠。电影本身并没有那么亮眼，甚至可以看出宁城在商业电影运作上的吃力。但是，姜卓尔的演出令人惊艳，毋庸置疑！或许，我们所有人都错看了她，她不是那个电视机前娇滴滴的姑娘，她是一只真正的女王蜂。”

被形容为女王蜂的姜卓尔勾了勾嘴角，对着后视镜比了个手枪的动作，然后照着玻璃，“砰”地开了一枪。

路子盛隔着后视镜看了她一眼，笑了。

“你在这儿耍什么杂技呢？”

她昂起头，嘴角的笑容看上去无比自信而又强大。

“路先生，女王蜂朝你的胸口开了一枪，不打算跪下来膜拜吗？”

路子盛勾了勾嘴角，一笑：“好啊。”

玩笑开完了，她靠在椅背上，仰头望着车顶，眼中含着闪烁的光。

车顶在此刻缓缓打开，挡板慢慢收起，倒向两边，浩瀚的星空出现在了眼前，她觉得仿佛整个天地都将她紧紧地包裹在了其中。

路子盛放开按着按钮的手，偷偷看了眼后视镜里的姜卓尔，翘了翘嘴角。

他们家强大的女王蜂果然和别的小女孩不一样。

别的小姑娘看到星星都是一脸被浪漫冲击的感动，她的脸上浮现出来的却全是想要征服星辰大海的野心。

“我生于苍穹之下，也终会归于山水之间。”

姜卓尔看着夜空，想起了下午念的那句独白。

于故事中的那个女人是如此，那么于她呢？

——我生在这个舞台上，最后，也终将在这里消亡。

后记——心间之城

我读大学那会儿修的是中文，方向是比较文学与世界文学，如果不是当初一念之差，现在的我可能会在意大利的某座城市或者小镇上的市立图书馆里，隔着彩花玻璃窗投射下来的阳光，研究之前在学校里没研究完的基督教文学；也可能是打着伞啃着牛肚包在街道上晃荡，对比老街中世纪的建筑和新立的高楼之间分别代表了什么样的文化传承与演变。

当然，最终我没能去成我梦想中的佛罗伦萨，一是因为就在毕业的那一年，我发现了自己其实有更想去做的事情；二是因为，我的性格，可能也不太适合去做研究。

就像大学时代的导师说的那样，我这人太自由、太不受管教了，好好的一个读书笔记，到我这里可能就成了狂妄自大不知所云版的文学批评。我都不记得自己本子上有多少次被教现当代文学的老师批上“不敢苟同”这四个字了。好吧，虽然最后他给的评分还是A。可能就像英国女作家伊芙林写在《伏尔泰的朋友们》里的那句话——“我不同意你的说法，但我誓死捍卫你说话的权利。”

于是，我写下了姜卓尔。

我喜欢她自由果断的人生态度，我喜欢她面对选择的时候那种把双选项放上天平，然后丢掉轻的一边的做法，我更喜欢她毫不掩饰的拼劲和小心思，她敢对着困难迎头而上，敢爱敢恨不拖泥带水。

她不是我，但她一定是我梦里面最渴望变成的样子——自由、随性，知世故但却不世故。

她虽然嘴上成天说自己是个丧气的毒鸡汤女王，但实际上一直都是把积极向上的一面传达给她在生活中遇到的形形色色的人，做群演的小女生、刚入行的新人等等。

最后，我甚至私心地把她人生中最重要的那场颁奖典礼，设置在了我梦想中的佛罗伦萨。红裙张扬的女人踩着高跟鞋踏上钟楼顶，俯瞰整座城市，以及流动着的阿诺河，伸臂挡住托斯卡纳刺目的艳阳。

——可能这就是写作的意义吧，当脚步无法触及之时，就用文字来企及。

我现在仍旧没有时间去佛罗伦萨看看，但是没关系，在我心里，我已经触摸过这座城市无数遍了。未来如果有机会的话，我大概会抽一个月或者两个月的假期，在那座城市待上一阵子。

余下的日子，在节假日空隙的时候，多出去走一走，想去哪里就去哪里，天大地大，有的是我没领略的风景，没品尝过的美食，没接触过的文化历史，尽情地去爱这个世界。

反正，它们都已经在我心里了。

—— 薇薇一点甜

图书在版编目（CIP）数据

喜欢你，蓄谋已久 / 薇薇一点甜著. -- 贵阳 : 贵州人民出版社，2019.12
ISBN 978-7-221-15697-6

Ⅰ. ①喜… Ⅱ. ①薇… Ⅲ. ①长篇小说－中国－当代 Ⅳ. ①I247.5

中国版本图书馆CIP数据核字(2019)第243421号

喜欢你，蓄谋已久

薇薇一点甜 / 著

出版统筹：陈继光
选题策划：大鱼文化
责任编辑：唐　博
特约编辑：雪　人　娄　薇
装帧设计：Insect　孙欣瑞
封面绘制：亦良璇子
出版发行：贵州人民出版社（贵阳市观山湖区会展东路SOHO办公区A座 505081）
印　　刷：长沙鸿发印务实业有限公司
开　　本：880×1230毫米 1/32
字　　数：170千字
印　　张：9.125
版　　次：2019年12月第1版
印　　次：2019年12月第1次印刷
书　　号：ISBN 978-7-221-15697-6
定　　价：36.80元
